沙乡年鉴

[美] 利奥波德 著

李恒嘉 袁琼琼 译

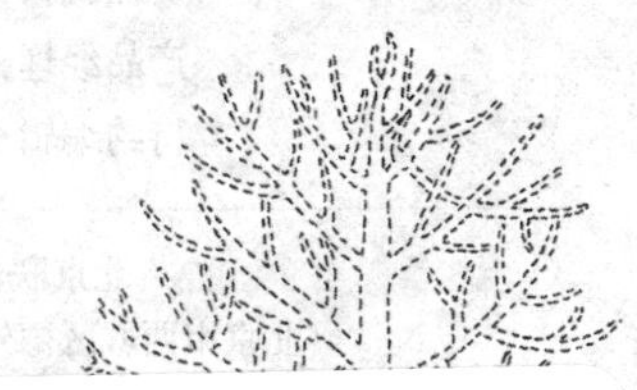

图书在版编目（CIP）数据

沙乡年鉴 /（美）利奥波德著；李恒嘉，袁琼琼译 .—北京：北京联合出版公司，2018.1（2024.3重印）

（随时的修养 . 2. 自然与诗）

ISBN 978-7-5596-1129-1

Ⅰ . ①沙… Ⅱ . ①利… ②李… ③袁… Ⅲ . ①散文集–美国–现代 Ⅳ . ① I712.65

中国版本图书馆 CIP 数据核字（2017）第 281206 号

沙乡年鉴

作　　者：（美）利奥波德
译　　者：李恒嘉　袁琼琼
责任编辑：徐　樟
产品经理：严小额
特约编辑：杨　凡

北京联合出版公司出版
（北京市西城区德外大街 83 号楼 9 层 100088）
三河市恒升印装有限公司印刷　新华书店经销
字数 130 千字 787mm×1092mm 1/32 印张 8.25
2018 年 1 月第 1 版 2024 年 3 月第 5 次印刷
ISBN 978-7-5596-1129-1
定价：30.00 元

译者序

很多人都是从《国家地理》一类的杂志知道并开始阅读这本书的。事实上这本自然主义保护者的经典之作与《瓦尔登湖》被并誉为自然文学典范、生态文学的“圣经”，已经被全世界的人们热爱了几十年。

在钢筋水泥的都市，人们能接触到的土地越来越少，森林、溪水、松树、狐狸、鹿，这些美好的事物也离我们越来越远。人们一直在奋斗，却忘记了土地的重要性。本书的作者一直在静静地观察着自然，思考着自然和人的关系。他冷静地告诉我们——快速的城市化，并不能使我们更加幸福。

和梭罗的著作不一样，这是科学家写的书，既理性又忧伤，对于自然的描写，令人着迷，又发人深省。每天都有各种媒体在呼吁保护环境，但真的很少有人能真正懂得节制。在环境污染严重的今天，真心希望能有更多的读者看到这本书，静下来反思。为了让此书更加通俗易读，在翻译过程中，略有删节，不当之处，请广大读者批评指正。

译者

2017年8月10日

序言

一些人的生活里可以不存在野生动物，有些人却相反。我写这些东西，为了后者，我想让人们了解他们对野生动物的偏爱之情和两难境地。

在野生动物被彻底扼杀之前，很多人以为，动物和野风、落日一样，都是大自然中见怪不怪的存在，一切都是理所当然的。但是，为了追求所谓的“生活水平”，是否必须要牺牲那些自然、野性的东西？

对于人来说，能看一眼天鹅，比看电视重要。能看到一朵白色的花慢慢绽放，是我们的权利，就像自由交谈是我们的权利一样。

我承认，在机器为我们提供早餐、科学向我们解释生物起源之前，野生生物几乎跟我们没什么关系。

人们必须制定应对之策，这本书就是我的应对之策。

它分成以下三部分：

一、我和家人在远离喧嚣的小木屋欢度周末时经历的一些趣事。威斯康星的这片农场，被人们榨干了全部价值之后，被无情地抛弃。我们试图拿起铁铲重建这个农场，找回正在失去的东西。幸运的是，我们找到了。

对小木屋的速写，我按季节编在一起，就是一本《沙乡年鉴》。

二、《随笔——这儿和那儿》讲述了一些生命给我的启示、一些生活的小插曲。这些插曲在北美大陆上已经存在了40年以上，它们为自然资源保护主义提供了一个很好的样板。

三、《结论》。从逻辑学的角度阐述了一些不同意见者的观点，志同道合的读者读到这里，会努力去寻求这一部分中所提及的哲学问题的解决方法。我想说，这些文字或许可以告诉我们如何回到过去。

当下的自然资源保护主义，已经是穷途末路了，它与我们现有的土地观念背道而驰。那是因为人类滥用土地，将土地当作自己的附属财产。而只有把自己当作土地的附属品时，我们才会真正地以热爱和敬畏之心利用土地。

“土地是一个共同体”是生态学中的概念。但是土地应该得到热爱和尊重属于伦理范畴。

这本书，力求将这三种概念联结起来。

当然，这种种观点，难免会受到个人阅历和偏见的影响，但不管怎样，有一点是明确的，那就是：我们当下的生活，越来越忧郁，我们整日担忧着自身的经济健康，却失去了保持自身健康的能力。

整个世界就像一个大浴缸，贪婪地想装进更多，却失去了建造浴缸的能力和关掉水龙头所必需的自控力。

从健康的角度审视过剩的物质财富，还有什么比这个更重要？

只要我们多关注那些自然的、野生的、自由自在的事物，这种价值观念也许可以实现。

奥尔多·利奥波德

1948年3月4日

于威斯康星州麦迪逊市

目录

第一部分

第二部分

第三部分

结　论 165

附录

第一部分

沙乡年鉴

1 月

冰雪消融

寒冷的冰雪在每年暴风雪过后开始逐渐消融。冰水滴落的声音让冬眠的生命开始萌动。臭鼬在冬眠期后，不再深居简出，舒展着身躯，跑过雪地，在潮湿的世界里试探前行，在周而复始的季节中，留下一年开始的标志。

茫茫宇宙中，这样的足迹在其他季节似乎无足轻重，然而，此时它直贯田野，仿佛将马车拴在星星上一般任其驰骋。我紧紧追随这一足迹，满怀好奇地想知道它的欲望和目的。

一年中，从1月到6月，吸引眼球的东西呈几何级增长。在1月，我们可以追寻臭鼬的足迹，聆听山雀的歌声，瞧瞧鹿儿啃食松树的嫩枝，或是看看水貂破坏麝鼠的巢穴。对于1月的观察，就像雪一样简单而平静，像冬日般漫长而寒冷；在观察时，我们不单要看它们做了什么，还要思考它们为什么这样做。田鼠因我的不期造访惊得跳了起来，慌不择路地跃过臭鼬留下的痕迹而藏了起来。我不禁好奇：它为什么会在大白天置身于此呢？或许是冰雪的消融使它忧从中来。当初它修造在积雪之下迷宫一样的密道，因积雪的消融而完全裸露，变成众目睽睽下的小路。这样的境遇，难免让人心生黍离之悲。

田鼠的精明之处在于它们知道萋萋芳草是隐藏地下草窠的屏障，积雪是建立地下通道的倚仗——补给等必需品的输送因这些通道而顺畅。对田鼠而言，冰雪可以使它们免受饥饿和远离恐惧。

在前方草地上空盘旋的毛脚鹰突然停了下来，像翠鸟一样俯视后，嗖地扎进了湿地的草丛中。毛脚鹰没有再次升空，我估计它已经得手并且正在享用那战战兢兢的田鼠吧。可怜的田鼠还是没有挨到天黑就遭此不测。

毛脚鹰虽不懂得草为什么生长，但它知道冰雪消融利于逮到老鼠、享受美味。它正是满怀这样的希望，从万里之遥的北极飞来，对毛脚鹰来说，冰雪的消融同样意味着免受饥饿和远离恐惧。

臭鼬的踪迹一直延伸到树林里的空地。这里的雪早已被兔子踩得结结实实，淡粉色的尿液将雪地涂抹得斑驳陆离。刚刚抽芽的橡树苗被它们啃去了外皮，而林中一簇簇的兔毛，预示着一年中雄兔间的第一波战役即将打响。在前方不远处，依稀可见的斑斑血迹旁，还留有猫头鹰翅膀扫过地面的痕迹。冰雪消融让兔子们摆脱了饥饿的烦恼，但猫头鹰却用血的教训警示它们：春天固然美好，但绝不意味着可以放松警惕。

臭鼬的踪迹表明，它对猎取食物没有多大兴趣。我不禁在想：是什么诱使它离开自己的爱巢，让它不顾一切地拖着硕大的身体来到这里？最终，它的踪迹消失在一堆浮木中而不再出现。我转身回家时，一路上依然纳罕不已。

2月

好橡树

如果不过在农场的生活，那么你的精神世界会有两种损失：第一，你会自然地认为饮食来自食杂店；第二，一切热量都来自暖气。

为防范这两种损失，第一，你应该置办一个附近菜园，附近最好没有食杂店；第二，你最好劈几段上好的橡木放在炉架上，最好旁边暂时不要安放火炉。当2月的暴风雪在窗外肆虐的时候，橡木就可以温暖你的小腿。如果你经历了伐树、劈柴、拖运、整理这些环节，你就会摒弃原来的想法，清楚地知道热量的来源，且有资格否定那些在周末围坐在暖气旁取暖的城里人的想法。

这棵在火炉里散发着光热的橡树，原本生长在通往西进沙丘的路边。橡树被伐倒后，我曾测量过树干的直径，足足有30英尺[1]，年轮有80圈，这也就是说，它形成第一圈年轮的时间，应该在南北战争[2]结束的1865年。根据我的考证，一棵橡树从萌芽生长到兔子够不到的高度，至少需要10年，或是更长时间，每年冬季蜕去一层树皮，而在来年夏天长出新的。据此来看，橡树存活下来，其实是兔子数量骤减的结果。或许在将来的某一天，会有植物学家绘制出一条关于橡树起始年份的分布曲线，我们可以从那上面看出，曲线突起的10年，一定是兔子繁殖率最低的10年。（广义上植物种群与动物种群整体的繁衍生息，正是通过彼此间的争斗才得以实现。）

按此原理推测，兔子繁衍的低潮期很可能出现在19世纪60年代中期，此时我的橡树已经开始有了年轮的印记。不过橡树的橡实是在50年代落下的，至少要比橡树早10年，

1　英尺，英美制长度单位，1英尺合0.3048米。

2　南北战争（1861年4月12日—1865年4月9日），美国历史上唯一一次内战，参战双方为北方和南方的州，战争最终以南北和谈结束。

当时正值西进运动的大篷车[1]途经此地。人车洪流的冲刷与磨损造就了这颗特别的橡实有机会向着太阳生长。在1000颗橡实中，只有1颗能够生根并长到能与兔子抗争的高度，其余的橡实尚未发芽就已经淹没在茫茫草原之下了。

这颗橡实不但没有被草原吞没，还沐浴了80年的6月阳光。这是一件令人振奋的事情。阳光在斧子和锯子之间流淌，这橡树经历了80年暴风雪侵袭后，温暖着我的小屋和心灵。与此同时，从烟囱里冒出的缕缕青烟似乎也在昭示众人：太阳的照耀并非徒劳。

我的狗儿并不关心热量的来源，它只笃信我在获取热量方面有超凡的能力。每当拂晓，我从黑暗和冰冷中挣扎爬起，撑着膝盖在炉边生火的时候，它总是很温顺地蜷缩在我和灰烬上摆放着的柴堆之间，而我只好从它腿间把划着的火柴送到柴火上，点着壁炉。我想，这应该就是能够撼动群山的忠诚吧。

一次雷电结束了这株特别的橡树的生命。记得在7月的一个晚上，我们被连续的雷鸣惊醒，猜想闪电肯定击中了附近的什么东西，幸运的是并没有击中我们，于是大家回去继

1　大篷车，泛指美国西进运动中的滚滚车流。西进运动是美国东部居民向西部地区迁移和进行开发的群众性运动，始于18世纪末，终于19世纪末20世纪初。

续睡觉。人类总是习惯于去接受自己的考验，只不过这次的主角换成了闪电。

第二天早上，正当我们为刚刚接受过新雨洗礼的雏菊和草原苜蓿高兴的时候，却意外地发现一大块厚厚的树皮躺在路边。白色的木质裸露在外，树干上有条螺旋状的疤痕，树皮应该刚被撕下不久，因为白色的树干还没有被太阳晒黄。等到我们第二天再次来到橡树旁的时候，叶子已经枯萎。这是闪电馈赠给我们三大捆木柴，以备将来之需。

我们因失去这棵老橡树而倍感沮丧，但它的子孙们依然在沙丘上一簇簇坚毅地挺立着，延续着老橡树顽强的生命。

我们用一年的时间将老橡树放在阳光下晒干，在一个清新的冬日，用锯子结束了它与大地的联系。历史般的木屑透着芬芳的气息随着锯子的移动从树干中喷洒出来，不断地在雪地上堆积起来。我们深知这两堆锯屑的意义远远大于木材本身，它更像是一台满载记忆的留声机，在一圈圈历史的年轮中回响，感知着老橡树毕生的时光。

锯子拉了十几下，便到达了我们拥有这棵橡树的时期，在这几年，我们懂得如何去热爱和珍惜现在的农场；不知不觉中，我们锯到了橡树的前任主人（一个酿私酒者）的岁月：

他讨厌这个农场，他挥霍了仅有的几块肥沃土地，然后烧掉了农舍，把它抵给了当时的政府。不过，橡树也曾为前任主人献出过优质木材，那时的锯屑和现在也没什么两样——芬芳、优质、粉嫩。可以看出，橡树对所有人都是一样的。

酿私酒的人因为沙尘和干旱放弃了农场，具体放弃的时间已经无从考证了，大概是在1936年，或1934年，或是1933年，再或是1930年。在那几年里，蒸馏室里冒出的橡木烟以及从沼泽地里冒出的黑炭烟简直把太阳的光辉都给遮去了。大萧条时期的保护主义曾在这片土地上被广泛推行，然而锯屑却未发生丁点儿变化。

主事的锯工喊道:“嗨，我们该休息一下了！”于是我们坐下来喘口气。

在锯子行进到橡树的中心过半时，树干有些晃动了，隙口也变宽了，锯工们抽出锯子，退到安全的地方，拍手欢呼:“倒啦！”橡树开始倾斜，并发出吱吱的响声，然后猛地倒向地面，伴随着振聋发聩的轰隆声，它一动不动地躺卧在曾给它以生命的移民之路旁。

我们现在开始整理木材。大槌敲在铁楔子上，树干被一块块分割开来，我们把它芬芳的碎片捆将起来。

对于历史学家而言，锯子、楔子和斧子的不同功用简直是一个寓言。

锯子按部就班地开始工作，有顺序地穿过每一年，带出具有历史的碎屑，伐木者称之为锯屑。只有当树干的横截面被完全切开并显现后，树桩才能显现其中所蕴藏的世纪风景。

3月

大雁归来

当成群的大雁冲破3月的融雪时，春天就这样降临了。

红雀在冰雪消融中兴致勃勃地唱着春天之歌，但是没多久，它就发现自己弄错了，还好可以凭着冬日里养成的缄默来纠正这个错误。一只花鼠本想去沐浴一下久违的日光，不料却遭遇风雪，也只好乖乖地回到洞穴里睡大觉了。但是对于一只迁徙途中的大雁来说，为了能在湖面上找到一个融洞，在黑夜里长途飞行200多英里[1]，现在想要撤回去，又谈

1 英里，英美制长度单位，1英里合1.6093千米。

何容易？可以说，它是抱着破釜沉舟的坚定信念到来的。

3月的清晨，对于天空中的雁群，或是倾听雁鸣的漫步者来说，是乏味无趣的。我曾认识一位很有学识的女士，她佩戴着美国大学优等生荣誉学会[1]的标识，但她却从未留意那些从屋顶上方飞过并昭告冬去春来的大雁，即便它们一年两度途经那里。难道，教育只是用意识换取有限价值的过程吗？那么对于一只大雁而言，它用意识所换取的，或许只是一堆羽毛。

其实，大雁懂得很多事情，它不但能向世间宣告季节的更替，同时还懂得威斯康星的律例。11月里南行的雁群从头顶飞过，它们似乎藐视万物，即使飞过钟爱的沙洲和泥沼，也不为所动。为了到达最近的大湖，它们会坚定不移地向南飞行20英里，就连以直线飞行著称的乌鸦也黯然失色。在那儿，大雁白天在宽阔的湖面上游荡，到了晚上，它们则会偷偷地溜进玉米地里窃食。11月的大雁也意识到，从黎明到傍晚，每一片沼泽和池塘都布满窥视它们的猎枪。

而3月的大雁则会向你讲述一个完全不同的故事。尽管

1　美国大学优等生荣誉学会，美国历史最悠久的以希腊字母为名称的兄弟社团，同时也是美国最古老的大学生团体中的文理兼备的荣誉社团，创建于1776年12月5日，原是威廉与玛丽学院校内的一个秘密文哲性社团。

它们大多在冬日里都要遭到猎枪的射击，虽然羽翼会被铅弹轰伤，但它们清楚，春天休战的时刻即将来临。沿着河流的曲线遨游，顺着已经没有猎枪的据点和岛屿低空穿行，对着沙洲喋喋不休地低语，好像是与阔别多年的老朋友悉心交谈。它们在沼泽里和草地上低空迂回飞行，问候着每一片刚刚融化的水坑和池塘。终于，在沼泽上空象征性地盘旋了几圈后，张开翅膀向池塘滑翔而下。在触到水面的瞬间，兴奋地尖叫起来，用翅膀拍打着水面，溅起阵阵水花。顷刻间，干枯的香蒲梢上残存的最后一点冬思被抖落得无影无踪。我们的大雁又回来了！

每年的这个时候，我总希望自己能变身为一只麝鼠，藏在沼泽深处，将这里发生的一切尽收眼底。

第一群大雁在落脚后，便不停地大声叫喊着向其他迁徙途中的雁群发出盛情邀请。过不了几天，沼泽里的大雁便随处可见了。在我们的农场里，衡量春天是否富足的两个标准，一个是松树的种植数量，另一个则是在此驻留大雁的数量。在1946年4月11日，我们有据可查的大雁数量有642只。

和秋天一样，春雁每天都会光顾一次玉米地，但不同的是，它们不会在晚上偷偷摸摸地来。它们成群结队地在玉米地度过一整天，然后再喧闹地飞回去。每次出发前，它们都以高亢的鸣叫作为临行前的号角，而在每次返回时，这种鸣叫会变得更加响亮。雁群一旦从玉米地里回来，会像微风中抖动的枫叶一样，忽左忽右地滑翔，倏地从空中翻落下来，向下面欢呼着的雁群叉开双脚。我想，接下来它们喋喋不休地发出咕哝声，肯定跟白天猎取的食物有关。它们享用着被积雪覆盖的残留玉米，侥幸没被那些同样在寻找玉米的乌鸦、棉尾兔、田鼠和雉鸡所发现。

一个明显的事实是：作为大雁食物来源的玉米地，以前是以大草原的面貌呈现的。没人知道大雁的这种偏爱是否反映了草原玉米具有更高的营养价值，或者反映了一些草原祖先遗留下来的文化传统。或许它只是单纯地反映了一个简单的事实，即草原玉米的种植面积正在扩大。假如我们真的能够读懂它们往返玉米田时喧闹的叫声，便可知道它们偏爱草原玉米的缘由。但是我们对于这种存在神秘感的事件无从解答。如果我们对大雁的所有行为都能了如指掌，那么整个世界也将变得黯淡而无趣。

通过对春雁群体生活规律的观察，我们注意到，单只大雁都有不停飞行和鸣叫的特点。我们通常将鸣叫的孤雁赋予一种忧郁的含义，甚至将其比作心碎的鳏夫，或者是正在寻找孩子的父母。但经验丰富的鸟类专家们认为，这种妄加主观解释鸟类行为的做法并无依据。长期以来，对于此类问题，我始终秉持开放的心态，并不将其行为定性为这样或那样的特定原因。

在之后的时间里，我和我的学生们注意观察每一雁群的数量。经过6年的观察，在孤雁出现的原因上，通过数学分析，我们发现由6只或者6的倍数组成雁群的出现频率，远远高于孤雁出现的频率。换言之，雁群是由一个家庭或更多家庭聚合在一起的群体，而春天里出现的孤雁，可能是冬季里遭遇猎杀而失去亲人的幸存者。这样一来，我们便可将孤雁的叫声臆想为忧郁和伤痛的哀鸣了。

枯燥而单调的数学竟能这样证实爱鸟者的情怀，并能进一步激发他们对鸟类善感的揣测，这着实少见。

4月的夜晚，已经暖和得足以让人们在户外闲坐了。这个时候，倾听雁群的集会，便成了我们最爱的消遣。很长一段时间，那里静得都可以听到沙洲上鸟儿拍动翅膀的声音，听到远处猫头鹰低低的啼声，也能听到那些多情的白冠鸡发出的咯咯声。然后，一声刺耳的雁鸣声突然响起，雁群急促的喧闹声便随之在沼泽地里荡漾开来：有翅膀拍打水面的声音，还有其他的旁观者大呼小叫激烈争辩的声音。终于，一个声调低沉的大雁发出了极具权威的命令，喧闹的声响立刻消退，渐渐地转为模糊的小声，直至窃窃私语。这时，我再一次地想：要是自己能变身成为一只麝鼠该有多好。

在白头翁花盛开的时候，雁群数量明显地减少，5月到来之前，沼泽地里又一次长满了绿草，变成了一片湿地。只有少数的红翼鸫和秧鸡还给这里留有一丝生气。

4月

春潮来袭

大的河流总是会流经大的城市，小的农场也会因春潮泛滥而孤立无援。所以，当4月来临的时候，我们难免会焦头烂额。

在一定程度上，我们能从天气预报中知道北方高山上的积雪何时融化，以此估算洪水冲破上游城市防线所用的时间。但如果真能如此精确的话，我们完全可以在洪水来临前，就从乡下赶到城里去。但我们做不到。漫延的洪水发出低沉的呜咽声，像是在为遭难的人们念着祷文。当大雁目睹沿途的玉米田瞬间变成一片湖沼的时候，它们发出深沉而骄傲的鸣叫。每隔几百米，就有一只新上任的头雁在清晨的天空中飞翔，率领着它自己的梯形团队，开始勘测这片新形成的水域。

大雁对春潮所表现出的狂热很微妙，这很容易被不熟悉大雁的人所忽视。但鲤鱼对此表现出的热情却显而易见。只要洪水打湿草根，它们便会迅速爬出来，迎着激荡的水流翻滚，那巨大的热情犹如猪见到牧场一样。它们闪动着红色的尾巴和黄色的肚皮，游过马车压过的辙痕和乳牛走过的小路，摇晃着身边的芦苇和灌木，匆忙去探索那个正在扩大的领域。

一只红雀站在桦树上，吹着响亮的口哨，极力主张着那片除了树以外什么也看不到的它的领域的权利。一只披肩鸡站在被洪水淹没的木头上，发出扑扑的振翅声。此时，田鼠则表现得镇定自若，向着隆起的高地畅快地游去。一只鹿儿从果园里蹦跳着出来，而平日里，它都是躲在柳树丛中睡大觉的。兔子在小山上的一块块空地随处可见。因为这里没有诺亚，它们索性就把这些空地视作方舟，赶来栖身了。

春潮出乎意料地为我们从上游农场带来一些漂浮的混杂

物体。一块旧木板搁浅在牧场里，对我们而言，它的价值是两倍于从木材堆置场里获取的新木板。每一块旧木板都有自己独特的历史，但通常不为人知。我们可以通过对木材种类、尺寸、油漆以及磨损或腐蚀程度洞察它的过去，虽然不能了解其全部，但也能略知一二。我们甚至可以通过其边缘和端头在沙滩磨损的情形，推测它被洪水冲流过多少次。

我们积聚起来的木材，完全是从河水中募集的。每一块旧木板的自传，都是一部在图书馆里未曾品读过的文献。河岸边的每一座农场，都是一座图书馆，都可以让拿着锤子或是锯子的人随意阅读。每一次春潮的到来，就意味着一本新书的诞生。

僻静有各种不同的程度和类型，高耸入云的山峰所诠释的是另一种类型的僻静。大多数山峰都有通上顶峰的小径，而小径也不乏观光者。在我的认知范围内，没有哪一块僻静之处会像春潮流经的地方那样稳固，我想大雁也会同意我的说法，因为它们经历的孤独感不论在类型还是程度上，都要比我多得多。

于是，我们登上小山，坐在一簇新开的白头翁花的旁边，看着大雁飞过。我看见道路被洪水浸湿而慢慢消失。带着内心的喜悦和外表的超然，我得出了这样一个结论：交通问题，不管是在国内还是国外，至少就今天而言，只有在鲤鱼间才存在争议。

葶苈

只需短短几周时间，葶苈就像风中吹散的小雨点，用娇小的花朵点缀每一片沙地。

所有人都向往春天，眼睛朝上看的人，可发现不了像葶苈这样的小花；而心灰意懒的人，就算他低着头踩在了葶苈上也会毫无察觉。只有跪在泥土里寻找春天的人，才会知道葶苈的数量有多么惊人。

葶苈只需要极少的温暖、舒适和周围的残留物就可以维系自己的生命，但靠贫瘠的沙土和微弱的阳光开不出更大更美的花朵。在植物学书籍中也找不到它的配图，描述也不过三两行。但葶苈并不在乎这些。毕竟，葶苈本不属于春天，只算是对希望的一种补偿罢了。

没有人会对葶苈着迷，一阵微风就可以吹散它散发的芬芳。它长得太小了，甚至没有动物选择它做食物，淡而无味的白色小花，引不来诗人写诗歌传颂它。它曾经有过一个优雅的拉丁名字，但很快就被人忘了。总之，葶苈只是本分地做它那看似卑微的工作罢了。

大果橡

当为州鸟、州花或者州树投票表决时，学生们并不是真的在做决定，而是在象征性地做着历史早已认可的事情而已。在大草原上，大果橡是威斯康星南部的一种特有树种，它也是能在草原火灾中存活下来的唯一树种。

你恐怕一直有这样的疑问：为什么每株大果橡都被厚厚的软木皮包裹着，就连最小的树枝也是一样？其实，软木皮就是它的铠甲。大果橡是具有侵略性的森林派出的征服大草原的突击队，而火是它必须要克服的险关。每年4月，火灾袭击整个草原，而唯一能够逃过此劫的，只有这些拥有厚厚铠甲的大果橡了，大火都对它根本没有办法。在那些被拓荒者们称为“大果橡空地”的小树林里有很多老树，而这些老树大多是大果橡。

工程师也是从这些“突击队员”身上受到了启发，仿制出了绝热体；植物学家们则从中读出两万年的历史。在浩瀚的史料中，既有花粉和谷物被嵌入泥炭里的情节，也有在战争中被扣留敌方的情节。这些说明，森林的前线有时会收缩到苏必利尔湖畔，有时也会推进到更远的南部，以至于诸如云杉等树种都生长到威斯康星的南部边境之外了。在这个区域的泥炭和沼泽的某一层中，你完全有可能发现云杉花粉。森林和草原之间的早期战线就是现在这片地带，换句话说，这场战争是以平局收场的。

战争一直处于胶着状态，原因出在盟友身上。在夏天，兔子和老鼠饱餐大草原的草本植物；到了冬天，又去啃食在火灾中幸免于难的橡树苗了。秋天，松鼠将橡实埋在土里，准备过冬时享用。幼虫时期的六月鳃角金龟悄悄地破坏着大草原的草皮；到了成虫阶段，又转而侵蚀掉大果橡的叶子。

假如没有这些易变的盟友，我们就不会看到被装饰得如此多姿多彩的大草原了。

乔纳森·卡夫[1]为我们展现了一幅拓荒者涉足前草原边界的生动画卷。1763年10月，他来到了戴恩西南角附近的布卢芒德山，他说："我登上了群山中的最高峰，在那里俯瞰这乡间美景。在方圆数英里内，除了连绵起伏的群山外，我什么也看不见。群山远远望去就像一堆堆圆锥形的干草堆，只有几片山核桃林和稀疏的大果橡林遮蔽着某些山谷。"

19世纪40年代，拓荒者加入了这场草原战争。原本他们只是想保有足够的耕地，但无意间，却让大草原失去了他们的盟友——火。橡树幼苗迅速占据了大草原，原来的草场变成了现在的林场。如果你不相信，可以到威斯康星西南部任何一处"山脊"林场随便挑选一个树桩，数数树桩的年轮，所有树木的树龄都可以追溯到19世纪50年代到60年代，正好是草原大火熄灭的时期。

约翰·缪尔就是在这个时期的马凯特县长大的，新生的灌木苗侵占了大果橡空地，新的森林替代了古老的大草原。因此，他在《童年和青年》回忆录里这样写道：

1　乔纳森·卡夫（Jonathan Carver，1710—1780），美国著名旅行家，著有《美国内陆游记》一书。

伊利诺伊和威斯康星大草原肥沃的土壤上，生长着又高又密的牧草，为野火的蔓延提供了条件，致使没有树木能与之竞争生存空间。如果没有火，这片茂盛的大草原早就被繁茂的森林取代了。一旦大果橡空地被开垦，农户们就会阻止草原大火的蔓延。小树不断生根，长成无法通行的树林。那些阳光照射下的“大果橡空地”也就消失了。

因此，你拥有的不是一棵大果橡，而是一座历史图书馆，让你提前坐进上演进化剧的剧院里。在目光敏锐的人看来，他的农场贴满了草原战争的徽章和标记。

空中舞蹈

在我和我的家人拥有这座农场的两年里，每到4月和5月的傍晚，树林上方都会表演空中舞蹈。偶尔看过一次后，我们就再没有错过一场表演。

4月第一个温暖的傍晚，表演从18点50分开演，此后每一天开演时间都要错后一分钟。到了6月1日，开场时间正好是19时50分。表演者力求完美，按它们的要求，光线必须精准到0.05英尺长的蜡烛的光所能达到的亮度。观众不能迟到，要保持安静，不然它们将气冲冲地飞掉。

舞台的布置也相当严苛，一定要选在树林或者灌木丛中的一块呈半圆形的宽阔地作为露天剧场，中央还要长满苔藓，或是不毛的沙地，或是凸露地面的石头上。一开始，我不明白为什么雄性丘鹬会执意将舞池设在空地上；现在才明白，是因为丘鹬的腿很短，它们昂扬的步伐不能在茂密的杂草里表演出来，无法吸引雌性丘鹬的关注。而我的农场里，有很多长着苔藓甚至寸草不生的沙地，因此丘鹬总是愿意来这里演出。

夕阳西下，我们坐在舞池东边的灌木丛下等待丘鹬入场。丘鹬准时飞落在苔藓上，刚一落地，就马上开始演出：每隔两秒钟就会发出一串嘶哑的“嘭嚓”声，就像盛夏里古怪的夜鹰叫声。

叫声突然停止，丘鹬展开翅膀，发出一阵悦耳的鸣叫，盘旋着冲向天空，越来越高，直至成为天空中的一个白点。忽然间，它们就像失控的战斗机直坠下来，伴着一阵阵婉转柔和的鸣叫。这声音柔美得就连3月的蓝色知更鸟都会忌妒。它们在距地面几英尺高的地方改为水平飞行，精准地落到舞台的位置，重新弹奏起“嘭嚓”的乐声。

它们的表演一般会持续一个小时的时间。天色暗下来后，只能借着微光看完它们的表演。在月明之夜，它们会一直表演到月光暗淡为止。

天快亮的时候，还会再来一次晨间表演。4月初，演出结束的时间是在清晨5时15分。自此到6月份，演出的时间每天会提前2分钟，最后一场演出是在清晨3时15分。为什么丘鹬的演出时间会有差异呢？应该是因为黎明时的亮度仅是日落时的五分之一吧。不过，依我看，浪漫终究有疲倦的时候呀。

尽管人类认真研究了森林和草原上的数百种戏剧，但人类仍无法完全解读这些演出有什么重要的意义。至于空中舞蹈，我们想问：雌丘鹬在哪里？它们在戏中扮演什么角色？舞台上是否有雌性一同演出？两只丘鹬在同一地面上“嘭嚓”，有时还会一起飞，但从来不发出相同的声音。那么其中一只是雌性，还是雄丘鹬的竞争对手？

另外让我感到困惑的是，“嘭嚓”声是从丘鹬的嘴里发出的吗？我的朋友比尔·菲尼曾捕到一只丘鹬，拔掉它翅膀边缘的羽毛，它还会发出“嘭嚓”声，也能发出柔美的颤音，可它从此不再鸣叫。当然，仅凭一个单独的实验很难得出有说服力的结论。

我还有一件不明白的事：雄丘鹬在筑巢发展到哪个阶段，才会停止它的空中舞蹈？我的女儿曾看到过一只丘鹬在离鸟巢20码[1]远的地方发着“嘭嚓”声，鸟巢里有孵化过的蛋壳。这是它妻子的窝吗？还是这个神秘的家伙已经犯了重婚罪？

数以百计的农场上空夜夜上演类似的好戏，而农场主们却埋怨缺少娱乐。他们错误地认为只有在戏剧院才能得到娱乐。他们还不了解身处的这片土地。

对于那些将鸟儿当作枪靶子甚至是美味食物的人来说，丘鹬就是一个活生生的反例。以前我热衷于在10月里去猎

1　码，英美制长度单位，1码合0.9144米。

捕丘鹬。但自从观看了空中舞蹈后，我觉得只要捕猎一两只就足够了。我保证，在4月的黄昏，不再有舞蹈者因我而丧命。

5月

从阿根廷归来

当5月的威斯康星草原上蒲公英飞舞时，就奏起了春天里最后的交响乐。当你独自在草地上聆听天空，屏蔽掉草地鹨和红翼鸫的吵闹声，不一会儿，你就会听到高原鹬的飞行之歌——它刚从阿根廷归来。

如果你的视力够好，一定能从洁白的云朵间望见它振翅飞舞。如果你的视力不够好，只要盯着篱笆桩就行了，不一会儿，高原鹬就会落在木桩上梳理羽毛。我敢断定，发明“优雅”这个词的人，一定见过高原鹬的翩翩舞蹈。

高原鹬落在那里，仿佛在警告你马上离开它的领地。它轻松地取得了这片草原的统治权。它宣布它来自4000英里外的地方，来此为了执行从印第安人那里取得的权利，即在幼鹬能够飞翔之前，这片草原是属于它的，未经它的允许，谁也不许入侵这片草原。

高原鹬在附近产下四只又大又尖的蛋，不久，四只毛茸茸的雏鸟就破壳而出，在草地上蹦蹦跳跳地欢闹起来，它们可机灵了，谁也别想逮到它们。一个月左右，它们就完全长大了。到了8月凉爽的夜晚，你可以清楚地听到它们振动翅膀向着潘帕斯草原方向飞走了。这也说明，南北美洲自古就是一个整体。对于政治家，地域限制并不容易打破；而在高原鹬眼中这是件再自然不过的事了。

高原鹬很快适应了乡村的生活。它们只允许野牛进入它们的领地，因为它们喜欢跟在野牛后面玩耍。为避免遇上干草收割机，它们把家安在草地上或干草堆里，这比那些笨笨的野鸡聪明多了。要说它们在农场的敌人，那就数宽沟壑和排水沟了。不过人类终会明白，将来这两个也是我们的敌人。

20世纪初期，因为枪支的泛滥和对鹬肉的需求，威斯康星农场几乎失去了这些天然的报时器，高原鹬面临严峻的生存危机。从5月的草场到8月的夜晚再也听不到高原鹬的鸣叫。幸好《联邦候鸟保护法案》[1]及时出台，才让高原鹬免遭灭绝。

1　1916年美国与英国签署候鸟保护条约，强制要求地方政府严格遵守保护候鸟的联邦法律。

6月

桤木汊——垂钓

今年河水水位低得能让沙锥鸟在鳟鱼游水的地方闲逛，深水区的水也变得温暖，游泳倒是很舒服，可是，穿着胶鞋站在水里感觉就像踩在了滚烫的沥青地上。

傍晚垂钓的成果叫人失望。河里根本没有鳟鱼，只有少得可怜的白鲑。晚上，我们围坐在火堆旁，议论明天的垂钓方案，最后决定到200英里之外的河里寻找鳟鱼，但到了那里却没有发现鳟鱼的影子。

我们突然想起来，在上游有一个汊口，冰凉的溪水从桤木丛流进去。这么炎热的天气，喜冷的鳟鱼会怎么做呢？嗯，它们应该就去了那个汊口。

第二天的早晨，我沿着河岸来到了桤木汊，有数百只白喉莺正在享受这里的凉爽，此时一条鳟鱼浮出水面。我急忙往外放了放钓线，估算着距离，挂上一块昨天的鱼饵甩到离鳟鱼大约一英尺远的地方。我忘记了路上受的罪，一心一意地等待鳟鱼上钩。哈，没过多久，我的鱼篓里就有了第一条鳟鱼。

这时，从旁边的水潭蹿过来一条鳟鱼，比现在这条还要大。它钻进了水潭中央，周围是杂乱的灌木丛，棕色的树枝在水中招摇，像是在嘲笑身旁的鱼饵。

我坐在岩石上，等了一支烟的工夫，那条躲在灌木丛后面的鳟鱼有动静了。我早就准备好了，此时水面平静极了，只有微风吹皱的涟漪。为了不把鳟鱼吓跑，我决定等待时机再下竿。

起风了，趴在刚才嘲笑我的树枝上的棕蛾，啪的一声被吹落到水面上。

时机快到了！我架起鱼竿，随时准备行动。现在正值中午，柳树枝条随风摆动，水面上其他任何晃动的影子都会惊跑我的猎物。终于等来了一股大风，我果断地甩出鱼线，鱼饵轻轻地、准确地落在桤木旁。

鳟鱼咬钩了！它奋力向下游挣扎，我费了不少力气才把它从灌木丛中拖出来。现在，它就在我的鱼篓里。

我把钓线放在一边去晾晒，然后坐下来回味垂钓的快乐。我望着那两条鳟鱼，陷入沉思。人类和鳟鱼的生存方式何其相似呀！为抓住时间长河中浮动的欲念，被眼前的美味诱惑，却忽略了致命的鱼钩，最终为自己的轻率付出了代价。但我仍认为轻率自有轻率的意义，试想一个谨小慎微的人，他的一生多么无聊和乏味，甚至对于鳟鱼也是同样的道理。但是，我刚才的谨慎和我现在思考的谨慎可不一样。对垂钓者而言，谨慎是为后面的收获做的准备工作。

现在我要抓紧时间，天凉下来，鳟鱼就不再露面了。我走进齐腰深的水里，把头伸进桤木下，查看鳟鱼的行踪。果然有一个黑乎乎的洞，洞口被枝条遮挡得严严实实，鱼竿根本伸不进去，在里面一条大鳟鱼正大口吃着身边经过的昆虫。

我要想办法接近它。有一束阳光照射在上游的水面上，那里应该可以放下鱼饵，虽然位置不太理想，但也没有其他的办法了。

我转身回到河岸上。藏在一人高的凤仙花和荨麻后面，绕过桤木丛，像小猫一样悄悄地走了进去，我把钓线上了油，然后小心地把钓线缠在左手上。现在只需要等待一个最佳的时机。

机会来了！我朝着作为鱼饵的飞蝇吹了口气，让它显得肥大些，然后把它放在溪流中，并快速地放开手上的钓线。就在钓线伸直、飞蝇漂到灌木丛中时，我快步走向下游的洞口，借着微弱的光线，我看到鳟鱼随着溪流转弯了，朝着鱼饵的方向游去。我穿越溪水时，就已经听到了大鳟鱼在水中的扑腾声。我努力扯住鱼线，准备迎接战斗。

如果是一个谨慎的人，是绝不会在这种条件下用昂贵的鱼饵和钓线去冒险的。但正如我所说的，谨慎的人永远成不了一个好的垂钓者。经过一番较量，我终于把它带到了宽敞的水面，它成了我鱼篓中的第三条鳟鱼。

不过，说实在的，这三条鳟鱼都不算很大。但享受过程比钓到鳟鱼更重要，获得胜利比满载而归更有意义。此刻我像清晨的白喉莺一样快乐，完全忘掉了桤木汊之外发生的事情。

7月

巨大的财产

根据沙乡书记官的统计，我拥有120英亩[1]的私有土地。我想我有必要和他核实一下在凌晨时我拥有的土地情况。不过，这个嗜睡的书记官从来没有在9点之前上过班。

不管统计数据是否有误，对于我和我的狗来说，在凌晨时我所走过的那些地方都属于我。这意味着我拥有的土地没有边界，根本谈不上扩张，我的思想也是同样毫无边界。实际上，我们认为已不存在的荒僻，早已延伸到每一片有露珠

1 英亩，英美制面积单位，1英亩合4046.86平方米。

的地方。

我把这些土地出租给农户，并不向他们收租金，他们却非常在意土地的使用权。从4月到7月的每个早晨，他们都会强调自己的土地边界，实际上也是在宣告我是这片土地的拥有者。

每天的宣告仪式非常严肃和烦琐。7月的凌晨3点30分，我手里拿着咖啡壶和笔记本，表情严肃地坐在门口的长凳上，放下咖啡壶，从上衣兜里取出一只杯子，倒好咖啡，面对着泛着白光的启明星，我拿出手表，把笔记本放在膝盖上。这意味着宣告仪式即将开始。

离我最近的原野春雀，在3时35分准时用男高音般清澈的鸣叫宣告：它拥有从北河岸到南面旧马车道之间的北美短叶松树林。接着，其他的原野春雀此起彼伏地用鸣叫声宣告它们各自的领地。它们之间早已达成默契，我只需要倾听，并期待它们的雌鸟们也能默许和维护此时的和谐气氛。

原野春雀的宣告仪式还没结束，知更鸟就已经按捺不住了，它们站在高大的榆树上，发出响亮的颤声宣告拥有脚下被冰雹砸断的大树杈的所有权，也包括拥有大树周围所有的蚯蚓。

黄鹂被吵醒了，它马上郑重地发表声明：榆树那根垂下的树杈连同附近所有含纤维的马利筋的茎，包括园子里的含纤维的作物全部归它所有。同时，它还有在这些所有物之间自由往来的特权。

此时我的表针指在3时50分，从山上传来靛蓝海鸥的叫声，它声明1936年的旱灾留下的大果橡枯枝、附近的各类虫子和灌木丛归它所有。它显然在提醒我：它的蓝色比所有的蓝色知更鸟以及阳面的鸭跖草的蓝色更蓝。

屋檐下的那只鹪鹩突然鸣唱起来，随后，另外的六只也附和起来。蜡嘴雀、褐噪鸫、黄林莺、蓝色知更鸟、绿鹃、棕肋唧鹀、红雀……所有的鸟都开始跟着合唱。演出清单本来是按出场次序编排的，但由于演员太多，出场太快，我索性也不去记录先后次序了。这时，太阳即将升起，咖啡壶也空了，该去巡视我的领地了。

小狗照例跟我一同巡视。狗对鸟类的宣告毫不在意，对狗儿来说，气味才是辨别领地归属权唯一的证据。它正用鼻子搜索每一个侵入者，这让我看到了意想之外的事情：一只犹豫着、带着不情愿跑开的兔子；一只抖动翅膀表示抗议的丘鹬；还有一只在草地上的雄雉，它怒气冲冲地抖落身上的露水。

偶尔，我们会看见浣熊或者水貂；有时候，我们会赶走一只苍鹭，或者惊吓到一只带着雏鸟寻找避难所的母鸳鸯；有时，还会看到鹿在紫花苜蓿、婆婆纳草、野莴苣的灌木丛中漫步。看得最多的，还是动物在湿软的土地上散步留下的蹄印形成的两条暗黑色的线条。

太阳升起来了。鸟儿的合唱渐渐消失。随着叮当的铃声，一群牛向牧场走来，拖拉机的轰鸣声告诉我，邻居已经开始劳作了。我们该回家吃早饭了。

大草原的生日

从4月到9月的每一周都会有10种野生植物开花。到了6月份，每天都会有12种植物开花。在5月，人们还不会注意脚下的蒲公英，但到了8月，所有人都会在豚草花前停下来欣赏一番；4月，对榆树花不屑一顾的人，到了6月，他们特意来观赏梓树飘落的花瓣雨。如果你告诉我有谁能记住植物们的生日，那我就能告诉你他从事的职业、爱好、是否患花粉病，以及他的植物学的知识水平如何。

每年7月，在我去农场的路上，会经过一片墓地，我都要在那儿停留一会儿，因为，在墓地的一个角落，住着一位幸存者，它清楚地记得大草原的生日。

这块普通的墓地紧挨着一片云杉林，墓地里遍布着白色或粉红色的墓碑。每周六，墓碑前都会放着一束红色或者粉色的天竺葵。墓地修成了很特别的三角形。那片用栅栏围起来的尖角区，残存着古代草原的遗迹。从19世纪40年代直到今天，还没有人在这片墓地上割过草。每年7月，这里会长满一人多高的磁石草，或者叫串叶松香草，上面摇曳着圆形的金黄色花朵。这种植物已经少到整个西部地区只有这里能看到了。你可以想象一下：当成千上万英亩的磁石草竞相开放，会是怎样的美景？可惜我们再也给不出答案，恐怕以后也不会有人问起这个问题了。

今年磁石草的花期比往年晚了一周。在过去的6年里，它一般是在7月15日开花。

当我8月3日再次经过这片墓地的时候，栅栏已经被一群修路工拆掉了，磁石草也被锄掉了。不难想象，过不了几年磁石草就会在割草机下逐渐死亡。大草原时代也就宣告终结。

公路管理处统计，每年夏天在磁石草盛开的季节，至少有10万人驾驶汽车从这条公路上经过，我想这些人中大概会有四分之一的人听过植物学课吧。其中也就有极少数人见过磁石草，而估计没有人知道它即将灭亡。如果我向传教士控诉，有人正假借锄草之名焚毁历史书，他一定满头雾水——杂草和历史书有什么关系呢？

人类在机械化活动进程中根本不会察觉到一株植物的葬礼，况且整个植物界类似这样的葬礼天天都在发生。他们反而会为今天的行为感到骄傲。我有一个明智的建议：立即停止植物学和历史学的课程，免得人们得知他们的美好生活是以植物大量死亡为代价的而感到愧疚。

从目前植物品种的数量上看，我的农场算是好的。道理很简单，因为它不通高速公路，道路也还是拓荒时代留下来的四轮马车道路。我的邻居向农业管理部门投诉，多年来他们的篱笆从未得到过维修，沼泽地也没有筑起水坝。而对于我，一个植物爱好者，周末的生活就是沉浸在大自然中，享受生活的快乐；在工作日，我也尽量去大学农场、校园和郊外的植物区度过。整整10年，我一直保持一种消遣方式，就是记录和对比两个不同区域野生植物的花期：

首次开花的物种在	郊区和校园	边远农场
4月	14	26
5月	29	59
6月	43	70
7月	25	56
8月	9	14
9月	0	1
总的可见数	120	226

显而易见，在郊野生活的农民可以欣赏到绝大部分的大自然美景，而大学生或商人可能从没见过大片的植物区。因此，我们从中需要做出选择：要么继续让现代化消亡植被，要么就不要去打扰这些植物的自由生长。

经营农场、放牧牛羊和修建高速公路是植物消亡的原因。当然，没有人承认他们是故意的，也的确没人从中获益，但每一次人为的改变都是在侵占野生植物的生存空间。建农场要清出空地，高速公路两侧又要留出和公路长度相当的空地。但可不可以把牛羊、耕地、割草机赶出这些地带，让那几十种有趣的植物自由生长，这样既保护了植物品种的完整性，也能还人类一个美丽的环境。

而那些出于所谓好意而又无知的草原植物区管理者，居然轻率地在铁道两旁竖起了栅栏，只留下一条小小的区域供草原植物生长。从5月的折瓣花到10月的紫菀草，被迫忍受煤渣、烟尘和大火，并顽强地按约定的时间绽放。我总想找个机会让冷漠的铁路公司长官来实地看看他们的“好意”，但我至今还没有找到这样一个机会。

用喷火器和化学喷雾来清除杂草成本很高，或许要不了多久，你们就能研发出更省钱的产品，应用到那些离铁路更远些的植物身上。

人类往往仅为自己了解的事物的消亡而悲伤。如果一个人对磁石草的认识仅限于植物学课本上的名字，那么他就不会为这个即将从戴恩县西部消失的植物感到悲伤。

我发现磁石草是很有特点的植物，那天我想把一棵磁石草移植到我的农场，挖了半个多小时，仍然没有挖出它的根，它的根系一直向下延伸，甚至穿透了地下的石头。最终，我放弃了，但是我明白了它能挺过干旱季节的原因。

我五年前种下了一些磁石草的种子。这些种子很饱满，味道很像葵花籽。种下不久，它们就发芽了。但直到现在，秧苗仍没长出花茎。看来磁石草确实要经过10年才能开花。那么，墓地里那株磁石草该有多大年龄呢？墓地里最古老的墓碑树立的时间是1850年。那么至少在那时它已经在那儿，见证了逃亡的黑鹰[1]从麦迪逊湖撤退到威斯康星河，看着拓荒者们长眠在须芒草下。

我曾经亲眼见证过磁石草顽强的生命力。有一回，磁石草的根被电铲切断了，但很快就抽枝发芽了，还长出了花茎，磁石草一旦生了根，几乎能够经受得住任何损毁。不过，过度的放牧和耕种除外。

我曾经见过农民把牛群赶到草原上，那里之前只偶尔收割些干草。牛群爱吃磁石草，它们会把磁石草连根吃光。幸好不久野牛忍受不了限制它们进食自由的栅栏，转移到了另外一片草场。否则再顽强的磁石草也禁不住这群牛的好胃口。

1　黑鹰（Black Hawk，1767—1838），北美印第安人苏克和福克斯部族领袖，1832年曾领导反对美国政府的黑鹰战争。

或许，这就是残酷的自然法则，食物链上的动植物在相互厮杀中成就了现在的世界。当最后一头野牛离开威斯康星，没有人会为它哀伤；当大草原上最后一株磁石草枯萎，也同样不会有人为它哀伤，只留下一份历史的沧桑感。

8 月

绿色的大草原

名画之所以能够流传不衰，是因为在各个历史时期都出现了懂得欣赏和传承它们的人。

本来我知道一幅画，除了偶尔闯入的鹿，几乎没有人见过。画面中有一条河流。但当我带朋友去欣赏时，这条河却已经干涸了。它太不容易保存，现在，只能存在于我的记忆中了。

那条河像伟大的艺术家一样充满激情，只是激情能保持多久，却充满未知。在仲夏时节，云朵像白色船帆一样飘动，沿着沙滩漫步，看一看它是不是在作画是非常值得的事。

绘画在河岸的沙带上进行，当阳光把泥沙晒得半干时，金丝雀先挖个沙坑晒日光浴，随后是麋鹿、苍鹭、双领鸻、浣熊、乌龟，纷纷用自己的足迹为画作镶上花边。到现在谁也不知道接下来它会画什么。

沙带上的荸荠慢慢地变绿，就是它创作激情高涨的时候。几乎一夜之间，荸荠突然变身为厚厚的草甸，田鼠全体出动，在草甸上舒服地蹭肚皮，留下一圈圈的印迹。鹿为享用这片青草，专程来到草甸子上踏步。就连不爱出门的鼹鼠也掘出了一条条隆起的地道，从草甸子上露出头来。

此刻，草甸上有多得数不清的嫩苗，从温暖的沙土地中拱出小小的脑袋。

为了创作这幅画，这条河准备了三个星期，在一个阳光明媚的清晨，艺术家开始为画上色了，它用荸荠甸的绿色做底色，用蓝色的沟酸浆、粉红的全叶青兰以及乳白色的慈姑花做点缀，再搭配些红花半边莲，映衬蓝色的天空。那边，紫色的紫菀草和浅粉色的泽兰，扮作窈窕的淑女倚靠着河滩的杨柳树。如果你想要欣赏这幅美丽的画作，务必保持安静，否则会惊扰到躲在草丛中享受着快乐时光的狐红色的小鹿。

这样的美景可遇不可求。因为一场大雨或一次涨潮就会冲刷掉这些“颜料”，又恢复洁白的沙地。但没关系，这幅画你已经留在了记忆里，然后期待来年的夏天，河流能够再次迸发创作的灵感。

9 月

丛林里的唱诗班

9月的黎明变得无精打采。麻雀心不在焉地唱着歌；丘鹬在灌木丛中喳喳地叫着；猫头鹰用一声颤音结束昨晚的争论；其他的鸟儿似乎都在休息，不发出一点声音。

在雾气弥漫的秋天的清晨，偶尔你会听见鹌鹑的合唱。十几个女低音的歌声打破了清晨的沉默，它们用歌喉迎接阳光的到来。一两分钟后，歌声戛然而止，恢复了之前的宁静。

在鸟类歌手中，爱出风头的歌手会跳到树梢上歌唱，这样最容易引人关注，但往往因为歌声平庸，很容易被人忽视。令人惊喜的歌手往往是神秘出场的：比如有银铃般歌声的夜鸫，只在阴暗的树林里歌唱；发出嘹亮喇叭声的是躲在云层背后的飞鹤；榛鸡则站在迷雾深处发出低沉的隆隆声；还有在天蒙蒙亮时就唱赞美词的鹌鹑。这是一群低调害羞的歌手，只要有人稍一靠近，就会马上停止歌唱。

在6月阳光最强烈的时候，知更鸟首先登场，其他歌手按演出表的顺序依次出场；到了秋天，知更鸟便不再登台演唱。清晨里其他鸟儿的歌声也逐渐变少。所以呀，即便一大早就起床，只要能聆听到鹌鹑的歌唱，也是值得的。

为了躲开农场的小狗，鹌鹑总是躲在很远的树丛里合唱。记得10月的一个早晨，我正坐在屋外喝咖啡，鹌鹑合唱团突然在我面前不远的一棵白洋松下的草丛中唱起歌来。或许那天的露水太重了吧，它们想靠近火堆，烤干它们打湿的羽毛。

在家门口听到如此美妙的和音，我感觉太荣幸了。从那天起，我觉得松树的针叶似乎更蓝了，而树下那片由覆盆子织就的红毯，也显得越发红了。

10月

烟熏色的黄金

狩猎分两类：一类是普通狩猎，另一类是捕获松鸡。

捕获松鸡的地区也有两类：普通地方和亚当斯县。

在亚当斯县有两个时段可以捕获松鸡：普通时段和美洲落叶松变为暗金色的时段。那些运气不佳的猎手端着空枪，眼瞧着松鸡毫发无损地飞进落叶松林时，傻呆呆地望着那些被松鸡抖落掉的金黄色的松针。

秋天的第一场霜降，让美洲落叶松由绿变黄，岸边的桤木树叶也逐渐掉光了。丘鹬、狐狸、麻雀和灯芯草雀从北方赶来。知更鸟剥取着山茱萸林里最后的白浆果。只有树莓丛里还透着红光，那里往往能找到松鸡的栖息地。

你只要紧紧地跟着猎犬，就能找到松鸡的栖息地。当猎犬竖起耳朵停下来一动不动，眼神表达着“现在，请做好准备”，新手一般不太明白它的意思——是发现了丘鹬，还是松鸡？也许是一只兔子？这种犹豫的情况，才会显现出捕猎松鸡的乐趣，而马上端起枪瞄准的人，一定是捕猎野鸡的老手。

狩猎是件很有趣味的事儿，最有趣的狩猎是去一个荒无人烟的旷野，或者去找一个还没有多少人去过的地方。

亚当斯县有松鸡的信息几乎没有几个狩猎者知道。他们只知道亚当斯县有荒凉的美洲落叶松和矮小的大果橡，却不知道穿过亚当斯县的高速公路向西流动的各条小溪都源自同一片沼泽，那是一片宽阔的、呈带状的沼泽地，也是松鸡的栖息的乐土。

所以每年10月，我可以独自享用这片美洲落叶松林，听着狩猎者的汽车拼命地驶向北方那些拥挤的郡县。哈！想到那跳跃的里程表、焦急的表情以及那双紧盯着北方地平线的眼睛，我就禁不住笑出声来。这时，一只雄松鸡听见汽车的声音，抖动翅膀。我马上发现了它，我的狗也咧开了嘴。但我被眼前的美景吸引，我们一致同意过一会儿再去拜访松鸡。

美洲落叶松不仅生长在沼泽湿地，也长在高山脚下有温泉涌出的地带。每年春天，泉眼被茂密的苔藓阻塞，就形成一片沼泽平台。平台上生长着流苏龙胆，开着蓝宝石般的花朵。我喜欢称这里为空中花园。我被这美景吸引，即便我的狗已经发出了捕猎的信号。

空中花园和小溪之间长着苔藓的小道就是伏击松鸡的最佳地点，扣动扳机仅是一瞬间的事儿，而能不能射中警觉的松鸡，谁都没有完全的把握。如果没有射中，那经过此处的鹿儿就只有嗅嗅空弹壳，而不会看到任何羽毛。

我发现小河的上游有一座荒弃的农场。估计曾经有一位倒霉的农民试图在这片沙地上种出庄稼。我想通过落叶松的树轮推测这片农场大概荒废了多久。终于，我在当年的牲畜圈门找到了一棵落叶松，从树的年轮追溯，大概从干旱期的1930年以后，这片农场就没有人居住了。

当这个家庭因粮食歉收还不上房屋抵押贷款，而收到驱逐令的时候，不知道他们那时在想些什么。人生的多数记忆就像飞过的松鸡一闪掠过，不留痕迹，然而，有些记忆即使经历沧桑巨变，依旧留下伤痛的记忆。就像在4月种下这棵丁香树的人，心中一定充满喜悦地期盼来年可以欣赏到绽放的丁香花，但对于每周一都要洗衣服的妇女来说，她一定希望所有的星期一永远消失。

我从沉思中醒过神来，才发现我的狗一直帮我盯着猎物的方向。我为我的走神向它致歉。此时，一只丘鹬像蝙蝠一样叫着，露出橙红的胸脯。我们准备开始狩猎了。

现在是狩猎的最佳季节，让我全神贯注于一只松鸡实在太难了，沙地上鹿跑过的足印转移了我的注意力，足印从这里的泽西茶树丛通向另一边的泽西茶树丛，小树枝上还有鹿啃过的牙痕。在好奇心的驱使下，我决心追踪过去。

现在觉得饿了，就在我准备把午餐从狩猎口袋里取出来的时候，我被高空中一只盘旋的大鸟吸引。我想看清楚这是只什么鸟，一直等到它侧身飞过，露出了红色的尾巴。

当我再次低头取午餐时，旁边一棵杨树吸引了我的目光。树干上有一处被蹭掉的树皮，这是雄鹿摩擦鹿角时留下的痕迹，我敢肯定，这是一只已经成年的雄鹿。

这时我的狗兴奋地叫起来。一只雄鹿翘着短尾巴从灌木丛中蹦着跑开了，鹿角闪闪发光，看来，杨树泄露了它的行踪。

送走这只雄鹿，我终于能坐下来享用午餐了。树上的山雀望着我，心里想着树下那些肥嘟嘟的蚂蚁卵——这是它期待的午餐，就像眼下我期待那只松鸡一样。

午餐结束后，我静静地欣赏由美洲落叶松幼苗组成的密集方阵，厚厚的针叶像是一张暗金色的地毯铺在方阵脚下；而它们的黄金的枝丫纷纷指向天空。嫩芽从每一个枝丫的顶端冒出，仿佛在期待着春天的到来。

为时尚早

星星、大雁还有货运列车一直起得都很早。猎人们为了捕获大雁也养成了早起的习惯，喝一杯咖啡是起床后做的第一件事。不过也怪，在清晨起床的人中没有几个人会认为这是一天中最愉悦、最悠闲的时刻。

猎户座是早起者的闹钟。看到猎户座经过头顶，再往西移动一段距离，大致和猎人与猎物之间的距离相当，就是该起床的时间了。

早起的猎人从不向睡懒觉的人炫耀自己的猎物，就像猎户座一样，见多识广，却不善表达。早起的咖啡壶也是同样，它最多发出一两声柔和的汩汩声，从不显摆肚子里的东西所具备的优点。还有猫头鹰，它清晨最多为昨晚看见的杀戮叫上几声。而大雁只是为了遵守雁群的规定而早起，至于远方的消息，别指望它能告诉你。

只有货运列车从不掩饰自己的重要性，但是，它也有谦虚的美德。它的注意力全在公务上，从不会擅闯别人的领地。敬业的货运列车，给我无比的安全感。

天没亮的时候去沼泽地，眼睛成了摆设，这时只能依靠听觉和想象力。当你听见一群绿头鸭的喧闹声，你一定能想象到它们在浮萍中开宴会的场面。当一群蓝嘴鸭拖着长长的叫声俯冲下来的时候，即使你顺着声音的方向望上去，除了星星之外，你也什么都看不见。要是在白天，你一定会瞄准，射击，没打中，然后为自己的慌张找个理由。的确，在白天人的头脑主要靠眼睛来支配，很难再产生出丰富、生动的想象力。

天空发白的时刻，一群群飞禽飞向更广阔、更安全的水域，聆听的盛宴也就结束了。

和世上诸多的约束性条约一样，黎明前的条约只能让黑暗保持谦逊。天刚刚放亮，所有的公鸡就开始拼命地打鸣；地里已收割的玉米秆，互相比着身高；太阳一升起，松鼠就开始诉说昨晚的危险经历；松鸡则在一旁虚伪地表达关心；乌鸦自言自语地训斥猫头鹰，炫耀自已昨晚是多么机敏；雄野鸡还回忆着昨晚的风流韵事，它用沙哑的声音宣布，这片沼泽地里所有的雌野鸡都归它所有。

到了吃早饭的时间，各种动物、工具和农民的嘈杂声吵醒了沉睡中的农场；直到傍晚的时候，每个人都已睡下，才逐渐安静下来，只有一台忘记关闭的收音机还在黑暗中发着嗡嗡声。

红灯笼

有两种捕获松鸡的方法：一种需要你制定缜密的计划，观察松鸡的日常行踪，理论上你会找到松鸡的栖息地；另一种方法，就是漫无目的地从一个“红灯笼”走向另一个“红灯笼”，运气好你就能找到松鸡的栖息地。而“红灯笼”，不过是10月的阳光里变红的覆盆子的叶子。

我很多次成功的狩猎经历，都归功于红灯笼为我找到了猎物的栖息地。根据我总结的经验，覆盆子最先变红的地方是在沼泽汇聚而成的小河流附近，也就是大多数人不注意的贫瘠的沙地。从霜降开始，每个晴朗的日子，沙地上灌木丛中的覆盆子都会变得像火一样红，而丘鹬和松鸡往往就藏在灌木丛中。大多数猎人都去了没有荆棘的矮树丛，一天下来一只鸟也不会捕到，只能沮丧地回家过平静的日子。

我口中说的“我们”，是指松鸡、小溪、狗和我自己。这条小溪是个懒散的家伙，它在桤木林里绕来绕去，我想它是留恋那美丽的河岸，因此慢慢悠悠的，不想回到河里。半山腰上的石楠丛挨着冻结着丰富的蕨类植物和凤仙花的河床。松鸡都在里面栖息。你只要从上风口处进入荆棘木丛，就可以看到松鸡了。

我的狗儿躲在荆棘木丛后，四处张望，在确定我已经进入埋伏圈后，它用鼻子嗅着松鸡的气味，小心地接近。狗儿作为气味专家，毕生致力于研究各种气味，通过气味，它能很轻松确定松鸡的位置。

顺便说一下，我的狗作为一名专业的自然学家，认为我要学的东西还很多。那些对它来说很明显的问题，我却很难发现，它只能把结论转达给我。它就像一位耐心的教授，教我运用逻辑学知识来捕猎松鸡，希望有一天我这位愚钝的学生也能学会闻气味。

在狩猎这件事上，我知道我的老师什么时候是正确的，尽管我不知道为什么。我检查了猎枪，然后跟着它走了进去。它是一位宽容的老师，它从来不会嘲笑我糟糕的枪法，只是转过头看我一眼，便继续去搜寻下一只松鸡。

我们顺着山坡搜寻猎物，踩在那柔软干燥的石松子上，脚步声可以把鸟从沼泽地里惊飞出来。当走上干燥的河岸时，作为一只优秀的猎狗，它会毫不犹豫地跟着你进入潮湿的沼泽。

此时出现了一个突发情况：刚才我们走进桤木丛地带，

而狗却突然不见了。此时，要马上到小山丘那边去，睁大眼睛，竖起耳朵寻找狗的踪迹。要是看见白喉莺突然从桤木丛飞出来，同时听见狗跳进小溪溅起的水花声，这时要立即冲过去看看有没有被惊吓逃跑的松鸡。一般不会只有一只松鸡。它们发着咯咯的叫声，一只接着一只地飞起来，向高地上逃命。此时你要马上估算一下是否在猎枪的射程之内，另外，还要马上选择一只最佳射击对象，如果反应快、运气好，能射下来好几只呢。

考验是不是一只优秀猎狗的第二个标准，就是它是否会服从你的指挥、向你汇报战况。当它气喘吁吁跑回来，你就要坐下来，和它商量一下接下来的任务，然后，再去下一个红灯笼的地方继续追踪松鸡。

10月的微风中不光有松鸡的气味，还有很多其他的气味送到狗的鼻子里，每一种气味都能引起狗的好奇心，从它现在有趣的表情来看，我知道它发现了一只正在睡大觉的野兔。有一次，我看它停下来对我发出报警信号，原来在它鼻子前方的莎草丛里，一只胖嘟嘟的小浣熊正在熟睡。有一次打猎，我的狗居然去追逐一只臭鼬。还有一次，它盯着小溪中间，给我发出信号，接着河中就传来几声悦耳的鸟鸣。从声音上判断，是狗未经允许打扰了一对鸳鸯的晚餐。有时，它去惊扰一只躲在桤树丛中的姬鹬，有时它吵醒了一只正在岸边睡大觉的鹿。鹿愤怒地摇着尾巴，它一定在抗议我的狗打断了它的美梦。

我们在红灯笼之间搜寻，任何事情都有可能发生。

到了捕猎松鸡季节的最后一天，夕阳下所有覆盆子叶的红光都消失了。令我感到神奇的是，它们是怎么准确无误地接收到换季的命令的呢？接下来的11月，红灯笼的红光就只能留在我记忆中了。我觉得10月才是大自然的交响乐，其他月份仅仅是小插曲，我想，我的狗儿和松鸡一定都会同意我的观点。

11月

如果我是风

风儿总是在11月在玉米地里演奏乐曲，吹得玉米秸秆嗡嗡作响，松弛的外皮滴溜溜地在半空中打转。

在沼泽地里，风中的泥淖泛起的波浪，拍打着岸边的柳树。柳树摇动着光秃的枝杈抗议，但风可不会停止它的脚步。

风在沙地上的干草中打滚儿。我在沙地上散步，累了就坐在浮木上，听着大自然的回声和浪花拍打河岸的声音。河流上已没有野鸭、苍鹭、白尾鹞或者海鸥，它们都跑到哪儿去了？

我依稀听到了远处的天空中的叫声，是我的狗在叫我吗？此刻仿佛整个世界都在竖起耳朵寻找这个声音。不久，声音由远及近，原来是大雁从这里飞过的叫声。

整齐的雁阵飞过低空的云层，像是一面旗子。它们有时被风托着向上飞，有时又被风压着往下降，时而分开，时而聚在一起。它们舞动每一对翅膀和风儿抗争。雁群没有停下来的打算，只留下一声雁鸣，向夏天做最后的告别。

也许是雁群把风儿也带走了，浮木的背面也变得暖和起来。如果我是风，我也会和雁群一起飞走。

手中的斧子

上帝自认为对万物有生杀的特权，但自从人类发明出工具开始，他便被剥夺了这项特权。上帝能种一棵树，人类就可以用斧头把这棵树砍倒。任何一个人都可以在土地上轻松地创造或毁灭一株植物，无论上帝同不同意。

细心观察最近这些年我们发明的工具，你会发现，这些新工具只是在原来的斧头和铁铲的基础上进行了改良而已；不同的是在工具的使用上分工更加明确，有些人负责销售工具或修理工具，有些人的工作是负责改良工具。通过这样的劳动分工，我们每个人都从使用这些工具中受益。根据哲学家的总结，现代人已经可以根据他们的目的和期望来判断使用或改良哪种工具了。

11月被称为“斧子月”是有原因的。比起冬天，11月的天气凉爽宜人，还不至于把握斧子的手冻僵，人可以舒舒服服地砍倒一棵树。而且此时树叶都已经掉光，能清楚地看到树冠，要是哪棵树生了虫或妨碍了庄稼的生长，就可以把它伐倒了。

我听到过不少自然保护主义者的高论，包括我本人也发表过相关的文章。不过，我认为仅凭几篇文章是不够的，最重要的是如何管好手中的斧头。包括如何决定砍哪棵树。一个真正的自然保护主义者应该知道，他手中挥动斧子，就如他手中的钢笔在大地上写下他的名字。

当我用手中的斧子做出砍伐决定的时候，我的内心也很不安。因为从我的决定来看，我对每一种树并非一视同仁。

当我握着斧头，在一棵白洋松和一株红桦之间做决定的时候，我总是倾向于砍倒红桦而保全白洋松，这是为什么呢？

首先，白洋松是我亲手种植的，而红桦是从篱笆下自己冒出来的。因此，我的判断中难免会有偏爱的成分。但即使抛开这个原因，如果让我在白洋松和红桦中做出砍伐的选择，那我还是会砍掉红桦。因此，我想这其中一定有其必然的因素。

在我居住的小镇上，桦树是很普通的树种，数量很多，但白洋松却越来越少。这或许也是我对白洋松偏心的原因。不过，假如换过来，我的农场在北方，白洋松是普通树种，红桦是稀有树种，我承认，我也不知道该怎么做，好在我的农场在南方。

在我们这里松树能活100年，而红桦只能活50年，可邻居们却种了很多桦树，难道是为了让我独享松树林吗？松树能在整个冬天都绿油油的，而桦树在10月就落光了，难道是因为我佩服松树勇敢面对寒风侵袭的品格吗？松树让榛鸡有栖息之所，但桦树却能为榛鸡提供食物，难道是因为我认为居所比食物更重要吗？还有，松树木料的价格远远高于桦树，难道我是个爱财的商人？即使我为我的偏见找出各种理由，但似乎没有一条站得住脚。

我试着找出些别的理由吧。一般在松树下面会长出野草莓树、印第安纳水晶兰、鹿蹄草，甚至一棵北极花，而桦树下面最多长出一棵龙胆草。在松树上，啄木鸟会来筑巢，而在桦树上能落只鸟儿就不错。4月份，松树在风中为我歌唱，而桦树的秃枝只会发出难听的咯咯声。松树比桦树更能激发我的想象力，这个理由似乎很合理吧，看来还是因为树种的差别。

似乎站得住脚的唯一结论就是：我喜欢所有的树，但更爱松树。

就像我前面介绍的，11月是斧子月，砍伐的理由不能仅凭偏爱决定，比如一棵高大的桦树长在松树的南边，到春天它就会遮住松树的树冠，阻止大橡树虫在松树冠上产卵。要知道大橡树幼虫会很轻易地毁掉一棵松树。一旦我的松树病了，那我只能用斧子把它伐掉。

如果我任性砍掉桦树，失去遮蔽的松树在干旱的夏天会因为炎热和土壤缺水而渴死，我固执的偏心没准儿会害死我的松树。

最后，如果想留下桦树，就要在冬天来临之前为桦树剪枝，这样它就不会在大风来的时候，把松树冠上的嫩芽碰坏。

所以，手持利斧的人在伐木前必须沉着冷静地做出最有利的判断，不能对树种存有偏见呀。

斧子使用者的偏见和农场里树的种类一样多，他会根据他培植树木的辛劳程度，或单纯因为个人偏见，决定他的农场里树木的生死。我惊讶于不同的人对同一种树的看法也不同。

山杨是我一直很喜欢的树种，因为它不光装饰了10月的农场，还在冬天里喂饱了我的榛鸡，但在我的邻居眼里，山杨不过是一棵“杂草”，也许是因为他曾想清理出一片空地，但山杨却不知趣地在这里顽强地生长。当然，我也别嘲笑邻居，我不是也不喜欢威胁松树生长的榆树吗？

要说我最喜欢的树种就要数美洲落叶松了，也许是因为这种树在我的小镇越来越少；也许是因为它的落叶为10月的榛鸡添上金黄色的斑纹；也许是因为它能酸化土壤，让兰花草旺盛生长。可有些林业管理员因为从它身上得不到可观的利润，就想把它赶出林场。为此，他们传言落叶松会周期性地感染锯蝇病。但我的美洲落叶松从没得过病，现在正茁壮地成长，以至于我的心也随它们的落叶飘向天空。

在我眼中最了不起的树就要数年龄最大的三叶杨了。我喜欢年轻的三叶杨，因为它刚成材就为水牛提供阴凉，让鸽子在它头上歇脚盘旋。不过，农场主夫妇却很仇视它们，因为每年6月，雌树飘落的杨絮总会塞满纱窗。

我对各种树木的偏爱要远远多过邻居们，尽管有些树种是令人烦恼的灌木。比如，我喜欢卫矛，一方面是因为鹿、兔子、老鼠喜欢吃它的树枝和树皮，另一方面是因为它的果实在11月雪中像闪着光的红樱桃；我还喜欢红山茱萸，因为它喂饱了10月的知更鸟；还有美洲花椒，我喜欢的丘鹬可以在它的掩护下晒日光浴；还有榛树，在10月它的紫色花穗格外漂亮，在11月里又成了鹿和榛鸡的美味；我喜欢白英，我的父亲也喜欢它，因为它从7月就开始为鹿提供新鲜的树叶。现在，我经常向我的客人们介绍它们。在客人眼中我成了一位成功的预言家和植物学家。

我们对于植物的偏见很多来自长辈。如果你的祖父喜欢山核桃，你也会喜欢山核桃树；如果你的祖父因为点燃了一根毒葛藤而中毒，那你肯定也不会喜欢这种攀缘植物，尽管它在秋天能开出绚烂的红色花朵。

还有就是我们所从事不同的职业，是出于工作需要还是因为个人爱好，也会反映出我们对同一树种不同的偏好。喜欢打山鸡的农场主，即便山楂树侵占了他的草地，他也会欢迎能吸引山鸡的山楂树。据我观察，喜欢猎熊的猎人都喜欢椴树，捕鹌鹑的猎人即使得了花粉症也会埋伏在豚草附近。实际上，人类的偏好和感情、爱好、忠诚、慷慨以及我们对时间的态度紧密相关。

不管怎样，我仍希望我的斧子陪我度过每年的11月。

坚固的堡垒

每一块农场收获的木材、燃料、木桩，都在潜移默化地教育主人。农场中永远不缺智慧，只是有人忘记收获。所以我要把在林地里学到的知识记录下来。

我10年前买下了这片树林，不久，我发现几乎所有的树都得病了，很快，这片林子就被病患弄得破败萧条。我开始埋怨上帝当初应该把这些树也带上方舟。但不久我发现，树病居然把林地变成坚固的堡垒。

浣熊家族的大本营就设在我的树林里，可邻居那儿却一只都看不到。我也不明白这是为什么。直到11月的一个星期天，刚下完雪，顺着猎人和猎狗留下的脚印，我来到一棵枫树前。它的树根有一大半裸露在地面上，和泥土混在一起，冻得像岩石般坚硬。树根上密布着浣熊洞，猎熊人用烟也没能把浣熊熏出来，只能转身离开。因为害了病，枫树险些被一场暴风雪连根拔起，歪歪斜斜地躺在地上，倒成了浣熊家族的避难所，使浣熊躲过了被猎杀的噩运。

我的树林原本住着12只松鸡，但在一场大雪后，它们全体搬到邻居家的树林里去了，因为那里雪会浅一些。它们是在夏季的暴雨前来此定居的，它们藏在倒下的橡树下面。从地上的鸟粪看，橡树叶子不但为松鸡提供栖身之所，还能为它们提供充足的食物。松鸡们在这里生活得很安全、舒服，这样的生活一直持续到冬季来临。

当然，橡树要不是生了病，是不会轻易被风刮倒的，不过，也就很少有松鸡来此做客了。

橡树的嫩枝柔软多汁，吸引胡蜂飞来叮咬，嫩枝的创口长成了瘿。橡树瘿又成了松鸡的另一款美食，10月的时候，松鸡的肚子里总是装满了。

生病的橡树会从里向外长出一个个的树洞，野蜜蜂会强行占据树洞来筑巢。捕蜂人会赶在秋天蜜蜂休眠前，偷偷地潜入我的林地收走蜂蜜。他们寻找蜂蜜的经验可比我丰富得多。

有几年，兔子繁衍成灾，大批兔子跑进林地，专啃树木的树皮和嫩枝。就连猎兔人也不愿意看见自己的松树林里有兔子，因为兔子可以很轻易地毁掉一片树林。

兔子不挑食，基本上什么都吃。但有时候它又是一个美食家，对食材很挑剔。比如它专挑人工培育的松树、枫树、苹果树或者卫矛。兔子对莴苣又挑剔又讲究。没有被榆蛎蚧攻击过的红山茱萸，它一概不吃；但红山茱萸被榆蛎蚧攻击过后，味道就大不一样了，就连附近的兔子都赶来品尝。

冬天的时候，一群无冠山雀住进了我的树林里。我们会把生病的树木砍倒做柴火，斧子砍树的声音就成了这些鸟儿的开餐信号。它们落在我们附近，等着树倒下来，马上就围上雪白的餐巾飞上“餐桌”。对于它们来说，每一片树皮下面都藏着一份美餐，有蚂蚁卵、幼虫和蚕茧。我们站在附近，愉快地看着山雀享用午餐，竟忘记了劳作的辛苦。

如果这些树木没有生病，就没有害虫，少了这些鸟儿的美味。每逢冬天，我的树林里就听不到山雀的鸣叫了。

还有一些动物也是依靠病树生存的。有只黑啄木鸟就经常来给松树瞧病，从树上啄出肥硕的害虫；穴鸮为了安全起见，躲在老椴树心的空洞里躲避乌鸦的袭扰；幸亏有这棵病椴树，我们可以在日落时欣赏穴鸮优美的歌喉。还有一对林鸳鸯在树洞里住了下来，到了6月，在它们身后就多出了一群毛茸茸的小鸳鸯。松鼠是树洞的长期居民，它们经常跑出来用牙修理门框，露出可爱的小脑袋。

在我的树林中，真正的宝贝要算是蓝翅黄森莺。它会选择啄木鸟洞或水面上的病死的树根安家。在6月的树林中，它那金色泛着蓝光的翅膀发出光芒，死去的树根仿佛复活了。如果你不相信，不妨来我的林子里看一看那只蓝翅黄森莺。

12 月

范围

每天，我的农场上的野生动物都会跑到小镇周边巡视。我十分好奇：到底是它们的活动的范围广，还是我的生活的范围广？弄明白这个问题，就能知道我和动物谁对这个世界了解得透彻。

对这个问题，动物们是拒绝用语言回答你的，我们只能从它们的行动中了解它们真正的活动范围。不过它们什么时间出发，这可不太好预测。

我们砍伐木材的时候，狗独自去树林中巡视。突然传来的犬吠声，是在告诉我们有敌人入侵了它的领地，接着就看到一只野兔慌张地蹦到远处的一个木柴堆里。我的狗在原地留下了几个齿痕后，又重新投入到搜寻工作中。

野兔的逃亡路线表明，它早就对周围的环境了如指掌。估计这只野兔的活动范围至少有1/4平方英里那么大。

每年冬天，我都会布置一个投食点，迎接路过的山雀，给它们戴上脚环；通过观察山雀脚上的脚环，我们得出结论：这群山雀在冬天的活动区域在投食点半英里范围内。

到了夏天交配的季节，山雀开始分头筑巢。戴有脚环的山雀，会飞出日常的活动区域去寻找伴侣。在这个季节，山雀喜欢有风的日子，借着风势可以飞得更高更远。

昨天的积雪上留下三头鹿的蹄印，从我的树林穿过。我顺着蹄印找过去，发现它们的家就在沙洲上的一片大柳树林里。

我沿着蹄印继续向前追踪，在邻居的玉米地看到有蹄子刨食玉米的痕迹，它们还去旁边的玉米秸秆里翻找过。鹿吃完后并没有原路返回，而是走了一条新的路线回到沙洲。途中，鹿儿们在草丛处稍作停留，然后跑到了泉水旁喝了个痛快。这样，一幅完整的路线图产生了：鹿大概在方圆一英里的范围内活动。

我的林子一直都是松鸡的家。去年冬天，下了一场大雪之后，居然再看不见一只松鸡，连它们的足印都找不到。我向我的狗断言松鸡已经搬走了，我的狗儿跑到一棵倒下的大果橡树底下，一下就赶出三只松鸡出来。

可是在树梢下没有发现松鸡的任何足迹。显然，它们是飞进去的，但它们是从哪里飞进去的？这么寒冷的天气，松鸡又去了哪里进食呢？最后，我找到了这些鸟儿的粪便，发现了龙葵果实的坚硬黄皮。

夏天，在小枫树林里，生长着大量的龙葵。我仔细搜索，发现一根原木上有松鸡的足迹。原来，它们是踩在原木上，在头能够到的范围内啄食浆果。而这片枫林，离松鸡藏身的大树有0.25英里远。

有一天黄昏的时候，我在西边的杨树林里看见了一只松鸡，同样没发现它留有任何足迹。这说明，松鸡在积雪期内，几乎不徒步行走，而且，这片杨树林距松鸡的家同样是0.25英里远，这说明松鸡只在这个范围内活动。

在不同的季节，动物的活动范围是否会改变？它们如何寻找食物和避难场所？怎样抵御外敌？是单独还是组成大家庭居住？研究这类问题的科学家很少。其实，农场就是一本最全的动物学教科书，以上问题都可以从那里找到答案。

雪地上的松树

一般来说，“创造”这个词适用于上帝和诗人，但有时候普通人同样可以“创造”。比如说我们只要有一把铁锹，然后说“要有一棵树”[1]，于是，就真的有了一棵树。

如果农夫够强壮，铁锹够锋利，他甚至会拥有一万棵树。等到七年后，他可以自豪地说：“看，这一切都是我创造的。”

上帝只用七天就创造了这个世界。然后，他就没再做过什么。我想，也许是他看到树的叶子已经足够漂亮，比空旷、单调的宇宙美丽多了。

为什么铁锹总会让人联想到单调辛苦的工作呢？大概因

1 此处及后文有对《旧约·创世记》的明显引用和对比。

为人们手中的铁锹用得已经不再锋利，所以每个人都看上去很费力的样子。可我经常用锉子打磨我的铁锹，能很轻松地把它插入泥土中，快乐得就像在唱歌。这是我听到的最好听的歌曲。当我种植一棵松树时，它就在我的手腕上轻轻吟唱。我有时会想：那些刻苦学习竖琴演奏的音乐家，真是选错了乐器。

对于铁锹来说，春天是它最快乐的季节，因为这时是种植松树的最佳时节。而其他季节，更适合静静地看着松树长大。

松树在5月份发芽，树冠上的嫩芽长成了“蜡烛”。为嫩芽起了这个名字的人，一定是个极有才华的人。听起来，“蜡烛”这个名字形象而简朴，但是，跟松树生活在一起的人一定明白“蜡烛”的深刻含义。因为这些“蜡烛”让松树的树冠燃烧起明亮的火焰，每一棵松树的树枝都忠心地追随着“蜡烛”，努力地伸向更高的天空。只有那些已老朽的松树，没有精力随“蜡烛”向上生长，所以，只有它们的树冠上的树枝是向下垂着的。在你的一生中，你可能会忘记很多事，但是你心中会永远记着栽下的每一棵松树。

松树持家很节俭，用前一年的结余过日子，从来没有透支的情况发生。每棵松树都有一本账目清单，每年的6月30日是入账日。如果此时蜡烛能生出十几或二十余个嫩芽，那就意味着它已经为明年春天积蓄了足够的雨水和阳光；如果只生出四个或六个嫩芽，来年它就不长得那么高。松树真是量入为出的理财好手呀。

当然，松树也和人一样，会碰上艰苦的日子，植物界称之为生长乏力。比如，你会发现今年松树的枝杈间距比去年小了。通过观察这些间距，你就可以知道去年是个大旱之年。反之，如果今年所有的松树都长得比去年高，那就预示着今年的雨水会很充足。松树能对未来做出预判，而人类却没有这个能力。

如果在同一个林场中，有一棵松树生长缓慢，而其他同伴生长得却很正常，那么，你便完全可以断定，这棵树自身遇到了灾祸，比如上次的火灾烧坏了它的根茎，又或者是受到了田鼠的啃咬，也可能是脚下的这块土壤被污染。

松树们喜欢相互交流。我可以从它们的谈话中知道这段时间发生的事情。比如3月份的时候，有一只鹿来啃食过它们的叶子。而我从它们的谈话中就可以断定鹿的饥饿程度。一只饱餐过玉米的鹿懒得去吃4英尺以上的松叶；而一只饥肠辘辘的鹿，会用后腿站起来去吃8英尺高的松叶。而且我不用亲自去看也知道，我的邻居肯定把他的玉米都收进谷仓了。

5月，刚冒出来的“蜡烛”非常脆弱，还禁不住一只小鸟的重量。每年春天，我都会在松树林中看到一枝枝“蜡烛”躺在树下草地上。我知道一定是路过的小鸟在“蜡烛”上歇脚导致的，虽然在近10年中，我并没有亲眼见到过哪只鸟儿将“蜡烛”弄断过，但我毫不怀疑自己的判断，这件事就是小鸟做的。

每年6月，总有几棵白洋松的“蜡烛”会迅速死掉。这是因为象鼻虫钻进“蜡烛”的嫩芽里产卵。幼虫会沿着叶脉向下钻，最终杀死嫩枝。这样一来，枝条失去了带领它们向上长的领袖，最后只好长成了一株灌木。

另外，有一种情况比较特殊，就是象鼻虫只去长在阳面的松树上产卵，而那些长在暗处的松树，象鼻虫却从来不去。这就是所谓的“福祸相依”吧。

10月的时候，有些松树向我投诉那些雄鹿——它们又到了发情期，为了让鹿角显得更漂亮，跑到树林里来磨鹿角。那棵身高约八英尺的北美短叶松最可怜，身上已经伤痕累累，树皮都被磨掉了，流出的松油粘在粗大的鹿角上。

当然，要读懂松树，可没那么简单。有一次，我在松树下检查松鸡留下的粪便，其中有一些半消化的东西引起了我的兴趣。这些东西看起来像小玉米穗，约有半英寸[1]长。我知道的松鸡食谱中，从没有出现过“玉米穗”。后来，我剥开了一枚北美短叶松树冠上的嫩芽，终于找到了答案。松鸡吃掉了嫩芽，消化掉了树脂和外表的芽鳞，最后排出了“玉米穗”。这些“玉米穗”就是尚未成形的“蜡烛”。看来，这些松鸡正为明年的北美短叶松进行着投资。

在威斯康星州，白洋松、多脂松和北美短叶松是三种土生土长的松树，它们婚配的时间却不一样。北美短叶松成熟得快，离开苗圃一两年，就可以开花结果了。十三岁树龄的短叶松，就已经是爷爷辈了，而旁边十三岁的多脂松却刚刚开花，白洋松甚至还没开过花。

三种松树在不同时间开花结果，让赤松鼠成了最大的赢家。整个夏天，赤松鼠都有果实可以享用，每一棵树的下面，都堆着它们吃剩下的果壳。不过，幸好有一些松子侥幸存活下来，落在黄花丛中长出新的树苗。

---

1 英寸，英美制长度单位，1英寸等于1英尺的1/12。

问过很多人，他们几乎都不知道松树会开花，就算有个别知道的，也没有亲眼见过。想看松树开花的人，在5月的第二周，可以跟我到松林里，对了，你还需要准备一条手帕。丰富的花粉会让你体会到松树是多么富有朝气。

在我的松林中，年轻的白洋松一般选择离开父母，在别处居住。否则，即使有充足的阳光，因为身旁有父母遮蔽，也会长得矮小瘦弱。而我观察其他林场，好像没有这种情况。我估计是我的林场土质不能让松树和它的幼苗得到充足的养分导致的。

松树对邻居的选择极为挑剔。因此，白洋松和覆盆子、多脂松和花大戟、北美短叶松和香蕨木常常相伴在一起。当我把白洋松种在覆盆子丛中时，我可以断定：不用一年，白洋松就会冒出嫩芽，向它喜欢的邻居打招呼。而且，在土质一样、发芽的时间相同的情况下，覆盆子丛中的白洋松明显长得较快。

10月，我喜欢在挺拔的青绿色的针叶松间散步，喜欢看松树周围那些红色的覆盆子。它们是否知道彼此间的共生关系，我并不确定；我能确定的是，它们正在茁壮地成长。

松树有“常青树”的美名，这是因为它有一套严格的任期退休制度。每年，松树都不断地让新的针叶替换掉发黄的针叶，所以，它们的针叶看上去永远是绿的。

任期退休制度是这样规定的：白洋松针叶的任期为一年半，多脂松和短叶松为两年半。新针叶在6月上任，卸任的针叶则在10月写离职报告，离职报告要用棕黄色墨水书写。到了11月，棕黄色的墨迹便会变为褐色。随后，针叶便正式离职，落在地面上，为草木继续增添营养。松树的智慧和自觉，让每一位来松树林中散步的人对它们肃然起敬。

松树的气节还体现在天气最恶劣的时候。当凛冬来临，大雪覆盖了能覆盖到的一切，整个林场都陷入忧伤的气氛中。但唯有松树担着沉重的积雪，一排排上百棵笔直地昂然挺立。此刻，我从它们身上看到了担当和勇气，这让我的内心也充满了力量。

65290

很多人都买过彩票，赌一把自己的运气。可我买的彩票与众不同，我的彩票是一只带着脚环的山雀，我赌它会在某一天再次被我捉住，从而证明它还活着，对我来说，这种赌博比前者更有意义。

新手往往以为给一只鸟戴上脚环就大功告成了。但对于一个老手而言，给鸟戴上脚环只是这项工作的开始，最终任务是什么时候能再次捉住这只戴脚环的鸟儿，这样你就能从它的年纪、羽毛、身体上了解到它离开你后的情况。

所以，过去的每个冬天，我们全家人都在等待5年前放飞的那只编号为65290的山雀再次光临。

10年前我们就开始在冬天来临的时候捕捉山雀，给它们戴上写着捕捉日期的脚环。这些年来，本地的山雀大部分都已经被戴上了脚环。从这些脚环的数量上可以知道我们这里大概有多少只山雀，以及有多少山雀是从上一年幸存下来的。

65290是1937年放飞的七只山雀中的一员。还记得，当它第一次落入我的陷阱时，它并没有表现出一点与众不同的禀赋。它和其他同伴一样为一块牛脂失去了判断力。可它的勇敢却出乎我的意料，当我从陷阱中把它捉出来时，它拼命地啄我的手指。在被戴上脚环放走后，它的气还没消，它恼怒地啄着腿上多出来的铝脚环，然后梳理了一下羽毛，对我们大叫几声，急匆匆飞走了。不过，很快，它又被我们捉住，难道它不知道总结经验教训吗？于是，这一个冬天，它被捉住了3次。

第二年冬天，我们从脚环知道了，65290那个七兄弟团队，只有三只还活着。第三年冬天，还剩下两只。到了第五年冬天，65290成了唯一的幸存者。看来它的确有些与众不同，至少，它的生存能力是团队中最强的。

可是第六个冬天，65290却没有再出现。随后的4年里，我们仍然没有它的消息。我只能在阵亡名单上写下它的编号。

按阵亡名单统计，在这十年间，被我们捉住并戴上脚环的总共有97只鸟，只有65290挺过了5个冬天，3只活了4年，7只活了3年，19只活了2年，其余的67只仅活了1年。如果，这些鸟向我索要戴脚环的赔偿，我倒可以支付这笔费用。但问题是：我在哪儿能找到它们的孤儿寡母呢？

我只能从我极少的鸟类知识中猜测65290能存活五年的原因。也许是因为它非常机敏，无数次地躲避了敌人的袭击，那么它的敌人又是谁呢？山雀个头儿太小了，根本没有敌人把它放在眼里，食雀鹰、穴鸮、伯劳才懒得为捉住这个小东西大费力气。是那个叫“进化”的家伙吗？是它把山雀变得这么小，以至于人们从来注意不到这个小生灵所释放出的巨大热情？

那么，只剩下天气原因了。只有天气最有可能杀死山雀。天气既冷酷又变化无常，所以，我认为山雀是在两种情况下被天气杀死的：一、在冬季，冒险进入了狂风区域，迷失方向而死；二、在暴风雪来临时弄湿了自己的羽毛，被冻死了。

第二种情况，在我的林场就发生过。一个冬天的黄昏，下着小雨，一群山雀飞到我的林场来避雨，此时，雨丝从南边过来，山雀纷纷选择在枯死的大果橡树上歇息，因为树上有大小、朝向不同的树洞，那里暂时能避雨。但我知道，这个季节，第二天早上风向就会变成西北风，天气也会变得异常寒冷。选择在西北方向树洞里歇息的鸟，第二天一早就会被冻僵。只有那些选择朝向不是西北方向树洞的鸟，才会躲过严寒。我想，65290就是具有这种所谓的智慧，才得以生存下来的吧。

从平时观察山雀的习性中，我们了解到山雀非常害怕山风。在冬天，只有风和日丽的日子它们才敢飞出树林，风越小飞得越远。有几处多风的林地，山雀从来不会在冬天去那里。那几处林地风多，是因为农民为了贷款将林地抵押给银行家，为了还贷款就要养殖更多的牛，牛吃光了灌木丛，所以容易起风。银行家对风毫无感受，他只对林地感兴趣，才不会管什么山雀，反正他们坐在办公室里风吹不进来。但是对山雀而言，风却决定着它们生死的问题。假如山雀也有一间办公室，那么，放在办公桌上的座右铭，一定写着“保持平静”。

知道山雀怕风，捕捉它们就变得很容易了。我们只需要将捕鸟器放到没风的林子里，山雀为了躲避背后吹来的风，会急匆匆地飞入捕猎圈。跟山雀一样，五子雀、灯芯草雀、树雀、啄木鸟也害怕来自后面的风，但它们有更厚的羽毛，所以，它们的抗风能力要强一些。书本中对自然界中风的作用写得太少了，可见这些作家都是在火炉后面写作的。

我建议山雀们应该学会辨别不同的声音，尤其是猎枪声。因为我们在树林里砍伐木材时，山雀会飞来享用木材里的新虫卵或者虫蛹，可猎枪也在等待着它们呀，可悲的是，它们听不懂猎枪的砰砰声，还是会飞过来送死。

在没有斧头、大锤和猎枪以前，山雀们用餐的铃声是什么呢？我猜是暴风雨吹倒大树的撞击声。1940年的12月，一场夹杂着冰雹的暴风雨吹倒了树林中很多的树。山雀尽情地享受着这场暴风雨带来的红利，几乎有一个月的时间，根本懒得去看我放在陷阱中的诱饵。

65290恐怕早就死了。我希望它在天堂中那片新的树林里，住在布满蚁卵的大果橡上，那里从来就没有风，它可以富足而平静地生活。同时，我也希望它依然戴着那只脚环。

第二部分

随笔——这儿和那儿

威斯康星

沼泽地的哀歌

黎明的风吹着浓雾，无声无息地穿过广阔的沼泽地。一团团的浓雾像幽灵一样向前穿过整齐的落叶松林，滑过满地露珠的沼泽草地，此时的沼泽是那么宁静。

从沼泽的深处，传来阵阵清脆的铜铃声，声音由远及近，打破沼泽地的宁静。此时，空中传出一声猎犬的吠叫声，顷刻间，各个方向都传来猎犬的叫声。紧接着，一阵响亮的长鸣穿过天际。

长鸣声断断续续，时而高亢，时而低沉，叫声越来越近。它们应该已经离沼泽地很近了，但此时我们仍无法看到它们。不一会儿，就见鹤群迎着阳光飞过来。它们张开翅膀，扇去了浓雾，在天空中画出一道美丽的弧线后，盘旋着落在沼泽地上，新的一天就此开始了。

时间赋予沼泽地历史的厚重感。自冰河纪以来，每年春天，沼泽被鹤的叫声惊醒。鹤仿佛站在湿透的历史书上，而下面是已变成沼泽的远古湖泊的遗址，沼泽的底部是由苔藓、落叶松甚至是动物尸体堆积而成的腐殖土层，这里面就留有鹤群的尸骸。一代一代的旅行者，用它们的遗骸堆积起这座桥梁，供一代一代的后来者来此栖息，补充食物。

现在，就有一只鹤儿正在吞食一只倒霉的青蛙，鹤飞到空中抖动着身躯，拍打着翅膀，不一会儿，满足的鸣叫声就回荡在落叶松林间。

最初，人类的艺术鉴赏能力源于感知到大自然的美，其后逐渐升级为无法形容的不言之美，在我看来，鹤的魅力就处于美的最高层次上，这是我们所说的不言之美。

随着人类对地球及物种的起源、进化不断的研究，我们知道，鹤的族群起源于古老的第三纪始新世。很多和它同时代起源的动物早已灭绝。而鹤的鸣叫声正是动物不断进化过程中一只吹响的号角。它代表了无法左右的过去，和不可预测的未来。正是由于不断进化，才形成了今天人类与鸟类共存的环境基础。

因此，这些鹤既不代表过去，也不代表现在，而是要放到整个物种进化的历史中去理解它们。它们每年准时来到这里，就像来为地质时钟报时。它们赋予这片沼泽地以特殊的贵族般的荣耀，而这种荣耀是鹤在长期考察中选择的。但自从这里响起了人类的猎枪声，这种荣耀很快就会被鹤群剥夺。想起来真叫人惋惜，这片被鹤群赋予荣耀的栖息地，最终也会湮没于历史洪流之中。

鹤的高贵气质被不同时代的人认可。为了得到它，神圣罗马帝国皇帝弗雷德里克[1]专门喂养矛隼；为了得到它，忽必烈令他的雄鹰在草原上等待鹤群来临。马可·波罗曾写道:“他（忽必烈可汗）在查干淖尔[2]有一座富丽堂皇的官殿，周围被大平原环绕，生活着数以万计的鹤。为了不使鹤群挨饿，他命人在平原上种植小米和谷物。”

自从鸟类学者本特·贝里在瑞士的荒原上看到了鹤以

---

1 弗雷德里克，即腓特烈一世，为霍亨斯陶芬王朝（1152—1190年）的国王。

2 查干淖尔，即查干湖，大部分位于吉林省西北部的前郭尔罗斯蒙古族自治县境内。

后，研究鹤的习性就成为他毕生的事业。他追随鹤群的踪迹，在冬季来到非洲，观察鹤群在尼罗河畔的过冬生活。谈到第一次见到鹤群的感受，他感慨地说："这真是个奇观，即使是《一千零一夜》[1]中的大鹏鸟在鹤群面前也会黯然失色。"

冰川随着雨水从北方滑落下来，碾过山丘，削平了河谷，甚至越过了巴拉布山的山脊，最后来到威斯康星峡谷的出口。消融的冰川形成了一个差不多半个州那么大的湖泊，紧紧挨在冰川的东部边缘。古老的水线依然清晰可见，如今，这个湖变成了大沼泽地。

湖水几个世纪以来一直上涨，最后在巴拉布山脉东部地区冲出一条河道，随着湖水的流失，大湖渐渐干涸。于是，鹤儿来到了这片潟湖上，号召那些还犹豫不决的生物，共同建设沼泽。漂浮物阻塞了下泻的湖水。莎草、羽叶、落叶松、云杉用发达的根部紧紧地扎进泥淖，吸干了湖水，制造着泥炭。沼泽地形成后，鹤群就留了下来。每年春天，它们都会回来，尽情地舞蹈、歌唱，抚育红褐色的幼鸟。这些幼鸟，经常跟在牝马身后嬉戏，原来英文中管雏鹤叫作"小马"是从这里来的。

1　《一千零一夜》，阿拉伯民间故事集，又名《天方夜谭》，内容丰富，规模宏大，被高尔基誉为世界民间文学史上"最壮丽的一座纪念碑"。

曾经，有一个身穿鹿皮袄的法国猎人，驾着独木舟穿过了大沼泽地。对于这种入侵行为，鹤群一般只报以嘲笑般的叫声。一两百年后，英格兰人驾着带篷的四轮马车来到这里。他们砍光了树木，腾出空地种玉米和荞麦。不过，他们种植谷物可没想过用它们来喂饱鹤群。鹤群去偷吃谷物，向入侵者示威。直到被愤怒的农场主用猎枪制止，它们只得对这些入侵者咒骂几声，然后离开沼泽地，向下一座农场飞去。

那时丘陵农场还是一片贫瘠的干草地，遇上旱季，更是寸草不生。直到有人无意中在落叶松林里放了一把火，大火迅速蔓延了整个沼泽地。没承想，草木灰滋养了土地，这里反而变成了一块优良的草场。从此每年8月，人们都来此割草。望见鹤群南飞过冬去的时候，他们便驾着四轮马车，把干草拖回丘陵农场。年复一年，他们用原始的火种的方式经营着沼泽，短短20年，这里形成了广阔的牧草区。

8月里，割草人准时来到草地上。他们支起帐篷，唱着歌，喝着酒，用鞭子使劲抽打拉车的马匹。鹤群只能带着“小马”藏到更偏远的地方去。割草人给这些鹤起了一个优雅的名字：红鹭。因为，每年这个季节，鹤原本蓝灰色的翅膀上会染一层红锈色。干草堆腾出了一片空地，鹤群重新飞回了沼泽地，同时还邀请10月从加拿大远道而来的候鸟。它们在刚收割完的庄稼地寻找残留的玉米吃，一直到霜冻时才飞向南方。

对于居住在沼泽地上的居民来说，在草地上生活是非常浪漫的一段时光。人与动物，植物与土壤，出于共同利益，和谐共存。沼泽地慷慨地供应大量干草，也供应着草原榛鸡、鹿、麝鼠、蔓越莓以及鹤的歌声。

农场主追求最大的利益，不接受同土地、植物、鸟类互惠的理念。对他们来说，毕竟这种平衡的经济体制所产生的红利太少了。他们规划中的农场，不但包括外围的领地，还要包括这一大片沼泽。开荒运动迅速流行起来。沼泽地被排水沟划成了一个个的方格，新开垦的土地上建起了新的农场。

因为沼泽地的浓雾不利于庄稼的生长、引水灌溉的费用惊人，被债务缠身的农场主陆续离开这里。干涸的河床面积逐渐缩小，地下积压的泥炭着起了火。积蓄了几个世纪的热量被释放出来，沼泽地笼罩在呛人的烟雾中。每个人都在抱怨空气中呛人的味道，但没有人站出来批评那些农场主。沼泽地上形成了巨大的火坑，烧灼的痕迹一直延伸到沙地那边，过了一两年，才长出了矮小的山杨树。鹤群的生存范围越来越小，鹤群的数量大量减少。研究新技术的工程师才不关心鹤群的多少，他们只希望电力挖掘机的轰鸣声响彻草地。可这声音恰是沼泽生物的哀歌。他们又怎么知道这片沼泽的价值？

在这一二十年里，庄稼年年歉收，火倒越烧越旺，树林侵占草地，鹤群越来越少。这时，事情出现了转机，种植蔓越莓的农户为了浇灌土地，阻塞了排水沟，结果，那里的庄稼获得了丰收。政客们嗅到了选票的味道，开始就环境保护等问题奔走呐喊；经济学家和规划师出现在沼泽地里；测量员、技术员以及民间护林保土队也都频频光顾。政府买下了这片土地，重新安置了农民，填埋了排水沟。沼泽地变得湿润起来了，大火形成的凹坑变成了水塘。尽管依然有零星的火在燃烧，但至少大部分土地已变回了湿润的土壤。

民间护林保土队功成身退，一切都朝着有利于鹤群的方向发展。但是，山杨灌木丛却开始肆意蔓延，更严重的是一条条新修的小路让这里不再宁静。可专家和环境保护主义者却不这么看，他们认为沼泽没有道路就不能更好地开发和保护，是毫无价值的。他们从来不懂荒僻正是最好的自然资源，然而，只有个别鸟类学家和鹤群才清楚宁静的价值。

保护沼泽和市场开发，仿佛永远是对立的。沼泽的最大价值在于它的原生态，而鹤就是原生态的代言人。在沼泽里所有的“保护”都会适得其反，我们总是用自作聪明的方式去珍惜原生态，然而，到头来我们却发现已经没有多少原生态可以珍惜了。

有一天，大自然会在我们过分“恩惠”的过程中，地质地貌轰然改变，最后一只鹤向我们发出离别的长鸣飞离沼泽地。到那时，再也听不到狩猎人的号角、猎狗的狂吠和清脆的铜铃声，然后，整个世界陷入寂静。如果要重新听到这些声音，恐怕只能去银河系里寻找草原了。

沙乡

每种行业都有专业术语，并且要有相应的场景。比如经济学家，他们专门为他们发明的一些术语寻找合适的场景，如边际效益、递减理论、制度僵化等。他们在沙乡广阔的地域内，又发明了一个术语，叫“自主领地”，他们可以去用这个新词混饭吃了。

土壤专家在沙乡也找到了不少好词，比如灰壤、潜育土、有氧代谢，可除了沙乡，这些词还能用到什么地方去呢？

近年来，一些开发者出于不同目的对沙乡进行规划，他们的规划都大同小异。他们事先研究过地图，在地图上沙乡还是一片浅色的空白区域。地图上其他地方都已画上了圆点，每个圆点代表着已被开发。沙乡在其中显得单调而乏味。

总之，沙乡是一片贫瘠的待开发土地。

早在20世纪30年代，各种简写字母的经济策略纷至沓来。尽管联邦土地银行用3%的低息贷款诱惑沙乡的农民去别处定居，人们却不肯离开这里。我想知道其中的原因，因此，我最终办了一个属于自己的沙乡农场。

在6月，羽扇豆上挂上了晶莹珍贵的露水，我对沙乡的土地是否真的贫瘠产生疑问。我听说沙地上是无法生产羽扇豆的，就更别提能见到宝石般晶莹的露水了。我担心这些羽扇豆会被鲁莽无知的杂草管理员清除。恐怕经济学家们也不知道羽扇豆吧?

或许，农民们不愿离开沙乡是因为故土难离的情结。这是我从每年4月碎石岭上开满的白头翁花身上了解到的。虽然白头翁花从没说过什么，但早在冰川时代，白头翁花就在碎石岭上安家了。它从没觉得碎石岭很贫瘠，每年4月，这里能沐浴到充足的阳光。为了捍卫自由绽放的特权，它们宁愿忍受风雪和严寒。

还有一些植物，它们仅希望有足够的空间而已，小小的鹅不食就是其中的代表。鹅不食根本不喜欢肥沃的土壤，它从不羡慕有石头庭院和秋海棠的农场。娇小的蓝色柳穿鱼草与鹅不食的看法完全一致，它就喜欢脚下这片沙地。除了在这片沙地上，有谁还在哪里见过它的身影?

最后，还是要说到葶苈。在它的眼中，柳穿鱼草都算得上是高大的植物。是因为葶苈的矮小吗?因此从没有哪个经济学家认识葶苈。但是，假如我是一个经济学家，我会躺在沙地上，从经济学的角度仔细研究一株葶苈。

在沙乡，有其他地方根本找不到的鸟，比如那只眷恋短叶松的土黄色的麻雀。还有那只丘鹬，它只喜欢把家安在这边的沙地里，可见它们对沙地的偏爱并非因为食物，肥沃土壤里的蚯蚓可比这里多多了。经过几年的研究，我知道了其中的原因。当雄性丘鹬发出“嘭嚓”声，唱着空中舞蹈序曲的时候，对于短腿的丘鹬来说，地面上没有被植物遮挡的沙地是最好的展示舞姿的舞台。它绝不会选择在植物茂盛的地方舞蹈，而只会选择沙乡最贫瘠的沙地，至少在4月是这样的。在沙地上雄性丘鹬可以自由地变换舞步，向现场的观众展示它完美的表演。哪怕一年中只有一个月，一天中只有一个小时能有这样一个小小的舞台，对丘鹬来说都意义非凡，决定了丘鹬对家的选择。

目前为止，经济学家们仍然无法说服它们。

奥德修斯之旅

自从古生代的海洋淹没了陆地，X便被困在了石灰岩的暗礁中。对于深埋在岩石里的原子来说，时间即代表永恒。

当大果橡树的树根沿着缝隙，到处试探着生长，从地下汲取养分的时候，断层出现了。一个世纪后，岩石风化，X重又回到了自然界。它参与了一颗种子的发芽，长成了一朵花，后来花儿变成一颗果实，果实被鹿吃掉，印第安人又吃掉了鹿。这些事都发生在同一年里。

化学反应中发生的氧化与还原，时时刻刻都在原子之间进行。现在X进入到了印第安人的骨灰中，X随骨灰埋在了地下，要不了多久，X就会回到大地的怀抱，开始它的第二次旅行。

第二次旅行，是和须芒草在一起的。X顺着须芒草的一条须根进到叶片里。6月，它随须芒草在大草原上起舞，帮它贮藏阳光。还帮助叶子完成了一项不寻常的任务：为孵化中的高原鹬蛋遮凉。高原鹬在叶子上空盘旋，向它表示感谢。

当高原鹬张开翅膀准备飞向南方的阿根廷时，所有的须芒草都摇动着新长出的穗子，向它们挥手道别。当第一队大雁群从北方飞来之前，精明的拉布拉多足鼠就开始为过冬做准备，X所在的那片草叶，也被作为御寒之物埋在了地下的洞穴里，不幸的是，足鼠被狐狸捉去了，废弃的洞穴被霉菌和真菌占领，X又回到泥土中，继续等待下次旅行。

没多久，它就和它的新旅伴——格兰马草，进入了一头野牛的身体，随着粪便再次归于尘土。没过多久，它又找到了鸭跖草，然后是兔子，再然后是鹰隼的肚子。从那以后，它安定下来，和鼠尾粟草住到一起。

因为一场草原大火，X的旅行从此结束。草原上的植物化为了灰烬。磷原子和钾原子留在灰烬中，而氮原子却随风飘散了。这就是X在生物学旅途中的戏剧人生，结局是：大火毁掉了氮元素，土壤不能提供养分，植物因此而枯萎，土壤也随之被风吹走了。

草原早有它的B计划。大火烧光了野草，却促进了豆科植物如草原苜蓿、胡枝子、野菜豆、野豌豆、灰毛紫穗槐、三叶草、野靛草的生长。这些植物可以让生物菌藏在自己的细根里，生物菌从空气中吸收氮元素，再输送到植物体内，最终把氮留在土壤里。豆科植物将吸收的氮元素存入大草原银行，积攒的氮比大火之前还要多。大草原又富裕起来的消息，连老鼠都知道了，然而这么多年来，却没有人会问：大草原是怎么富裕起来的呢？

X这几次的旅行都在不同生物区中，起点都是从进入土壤开始，随后在雨水浇灌下沉到土壤下层，从那里进入植物根茎，向上进入叶脉中。动物啃食植物，顺便带上了X，或者是因为排便，或是因为死去，至于死到哪儿，就不是动物能左右的了。所以，地鼠被狐狸带到峭壁上的洞穴，X也就随同前往。而狐狸又被巡哨的鹰杀死。X又有了一段飞行之旅，到此，一场原子的奥德修斯之旅刚刚开始。

鹰最终落入一个印第安人手里，他用它供奉命运之神。可神灵们正在玩掷骰子的游戏，根本无暇顾及这只鹰。此时所有的老鼠、人类、土壤或是灵歌，只不过是X在向海洋行进过程中的旅伴而已。

有一年，X住在河边的一棵三叶杨树上，被河狸吃掉了。倒霉的河狸不幸没有熬到春天，它被饿死了。X随着河狸的尸体顺流而下，每过一个小时，海拔高度便会比之前低一些，最后，落在了一处淤泥潭中，一只螯虾把X吃到肚子里。接着，浣熊又把螯虾吃掉，然后印第安人又把浣熊吃掉，后来印第安人死了，X又和他一起葬在了河岸的坟墓中。直到一年春天，洪水冲陷了河岸，又经过了一周的漂流，X重新回到了起点——海洋。

穿行在生物界的原子太自由了，以至于它根本不理解什么是自由。如今，它回到海洋中，更是完全忘记了还有自由这回事儿。每当失去一个原子，大草原就会从风化的岩石中重新找出一个。所以，草原上的生物都在拼命吸收，快速生长，快速死去，才能避免原子的数量不平衡的风险。

树根钻破一块岩石，Y从中被释放出来时，恰好耕牛翻起草皮，Y进入了一种叫作小麦的新型植物中，便开始了一年一次的旅行。

每一种动植物对于草原来说，都有它们存在的价值。物种之间的合作和竞争，保持了物种的多样性和连续性。但对麦农来说，只有小麦和牛对他才有价值。当他看到鸽群在麦田上空盘旋时，便会想办法将它们赶走；当看见小麦里有麦虱，他会忧心忡忡，只是这些可恶的生灵太小了，还没有找到将它们一举歼灭的良方。当大雨冲刷土地时，他丝毫没注意水土正在流失；等到沃土流失以及麦虱大举占据麦田时，Y和它的同伴已经随洪水旅行到下游去了。

当建立小麦王国的梦想破灭后，拓荒者们从大草原的历史中找到了良方。就是通过畜牧业和种植大面积的苜蓿草，增强土壤的肥力，再通过种植根系发达的玉米，开发下层土壤的肥力。

当然除了种植苜蓿草外，他们不断采取新办法防止水土的流失。现在，原有的耕地保住了，还开垦了新的耕地。不过，同水土流失的斗争依然在继续。

为了保护黑土地，预防水土流失，工程师建造了水坝和梯田；军事工程师们则修筑防洪堤和翼坝，河水不但没有把沉积在河中的黑土冲出来，反而泛起了泥沙，抬升了河床，阻塞了航道。专家们开始修建大大小小的蓄水池，以疏通河道，Y刚好流进了其中的一个水池中。用了一个世纪，Y从岩石回到河流，旅行就此结束了。

Y的活动范围局限在这片池水里，在水生植物、鱼儿以及水鸟之间不断轮回。直到工程师重修大坝的时候，又修建了一些引水渠，Y终于离开水池，奔向远处的高山和海洋，继续它的旅途。路上看到，那些曾经长成蒲公英并招手迎接高原鹬的原子，如今深陷在水渠的烂泥巴里。

一切还是老样子，树根依然向岩缝间伸展，大雨冲刷着土壤，那些老猎手，还在炫耀他们猎鸽子的光荣往事。黑白花的“野牛”在红色的谷仓里进出，为那些旅行的原子提供着免费交通服务。

旅鸽纪念碑[1]

为了纪念一种鸟类的灭亡，我们曾竖起一块纪念碑，表达我们对它的怀念。从那天起，我们再也见不到那些鸟凯旋的方阵了。在每年3月，它们是春天的先遣部队，将残冬逐出威斯康星的森林和草原。

小时候见过旅鸽的人们，还依然活着；那些被鸽群翅膀扫过的小树，还立在那里。但再过十年，恐怕就只有活得最老的橡树还记得它们；再久一些，估计只有山丘还能记得它们的样子。

我们现在只能在教科书或自然博物馆里见到旅鸽，看到的也仅是标本和对一切都毫无反应的图片。图片里的鸽子，绝不会做出俯冲动作，把小鹿吓得躲到树林中；也绝不会拍打翅膀，向硕果累累的树林致敬。书本里的鸽子，已经不需要用明尼苏达的小麦做早餐，也不可能再去加拿大享受蓝莓盛宴。季节何时变换它们已无所谓，连阳光它们都不会放在心上，寒流以及天气的变化更是与它们毫不相干。它们永远存在，却永远离开了我们。

1 旅鸽纪念碑，美国人在威斯康星州立怀厄卢辛（Wyalusing）公园为旅鸽设立的纪念碑，上面写着："该物种因人类的贪婪和自私而绝灭。"

祖父那一代人谋求改善生活，为提高生产力做出了巨大的努力。正是因为他们的努力，我们如今的生活远好于他们。可让他们意想不到的是，他们的努力无意中将旅鸽从生物种群中抹去。到现在，我们仍然完全不能确定这样的代价是否值得。工业社会带来的先进的生产工具，的确让我们的生活变得更加舒适。可这些工具能把旅鸽带给我们的欢乐也带给我们吗？

100年前，达尔文第一次发布物种起源的理论。从此，我们知道了人和其他一切生物一样，都是生物进化路上的伙伴。我们之间是相互依存的关系，每一个生命对我们赖以生存的土地同样重要。

最重要的是，虽然我们都在进化这艘巨轮上，人类无可争议地成为船长，但人类需要做的是把巨轮带出黑暗，而不能改变它的航向。我想说，我们应该明白这些事情，但是很多人依然不明白。

一个物种为另一个物种的灭亡立碑纪传，这的确是一件前所未有的事情。克鲁马努人为得到一块肉排杀害最后一头猛犸象；猎手不过是为了炫耀他的箭法，射死最后一只旅鸽；而那个用棍棒敲死了最后一只海雀的海员，甚至什么都没想。我想我们会为旅鸽的灭亡而哀伤。但假如是人类灭亡，估计旅鸽不大可能悼念我们。证明人类优于其他动物的并非杜邦先生[1]的尼龙袜，或万尼瓦尔·布什[2]先生的炸弹，而是我们的反思。

纪念碑高高在上地俯瞰宽阔的河谷，3月目送大雁飞过，倾听它们对河流诉说着冰原之水的清澈与寂静；4月见证紫荆花的盛开和衰败；在5月，欣赏橡树花漫山遍野地竞相绽放，林鸳鸯在椴木上寻找空洞筑巢，蓝翅黄森莺站在岸边的杨柳上摇落金色的花粉；8月看白鹭在沼泽地里昂首阔步；9月的高原鹬在天空吹响口哨；10月山核桃纷纷掉落在树叶堆里；11月冰雹击打着树枝。但从此再不会有旅鸽飞过。旅行者只能从青铜色的岩石雕像下的碑文中了解它们，他们永远不能亲眼看见旅鸽在空中展翅飞翔。

经济伦理学者的论调是：悼念旅鸽怀怀旧也就算了，从经济学的角度，即便猎鸽者没有消灭它们，农民们也会出于自身利益将它们消灭。

这是一个极能说服人的理由，但是，从考察的角度看却

1 杜邦，即杜邦公司的创始人尤金·杜邦，他于1802年创立了杜邦公司。200年前，杜邦主要是一家生产黑火药的公司。

2 万尼瓦尔·布什，“二战”时期美国最伟大的科学家和工程师之一，因其在信息技术领域多方面的贡献和超人远见，获得了“信息时代的教父”的美誉。

未必能站得住脚。

旅鸽是生物学的一道闪电。它能穿梭于肥沃的土地和富氧的空气之间，是因为它具有巨大的能量。每一年，旅鸽都会横穿北美大陆，一路上尽情享用沿途的美食，补充消耗掉的体力。而猎枪的出现使它们的数量急剧减少，而垦荒者又切断了它们从大地上获取能量的渠道，旅鸽的生命之火便就此熄灭了，连一点火星都没留下。

今天，果实依然挂满了橡树的枝条，旅鸽却再也不会光顾。只有蚯蚓和象鼻虫仍然执行着生物学交给它们的任务：将旅鸽从辽阔的天空中引到地上来。

在巴比特时代之前的数千年中，旅鸽能一直生存下来，可今天的文明却让它们灭亡了。

旅鸽深爱这片天空，它们一直生活在这里，它们对这里的葡萄和山毛榉坚果念念不忘，即使路途遥远和季节变换也不能阻挡它们。其实这些食物，它们也可以在密歇根、拉布拉多，或是田纳西获得，但它们依旧回到这里，因为它们深爱的是这片广阔自由的天空。

如今很少人会去了解过去发生的事情，大多数人对旅鸽已经一无所知。美国这段历史，是时运造就的。我们可以自信地做成所有的事情，只需要我们保有这片广阔的天空和奋勇拼搏的劲头。我们存在的意义就在于此，而绝非布什先生的炸弹，或杜邦先生的尼龙袜。

弗兰博河

没有独自在野外漂流的人，或是只是跟着向导躲在船尾的人，对于旅行的认识恐怕只停留在图新鲜的水平。这是我最初的看法。在弗兰博河遇见两个在读的大学男生后，我就改变了看法。

晚饭后，我们坐在岸边，观察一只雄鹿，它正朝着河岸远端的水草地走去。突然，雄鹿抬起头来，侧耳倾听上游的响动，迅速躲了起来。

原来，是两个男孩划着一条独木舟从上游而来。他俩发现我们后，便上前来和我们打招呼。

他们见到我，问的第一个问题是“现在几点了？”他们解释说，他们的手表停了，这是他们生平第一次找不到时钟、汽笛或者收音机来确认时间。这两天，他们靠着“看太阳”过活，但对他们来说，靠这样判断时间的确让人疑惑。还有就是，这里没有仆人为他们准备三餐，他们要么从河中获取食物，要么等着挨饿。不知哪处藏有暗礁，也看不见交通警察向他们鸣哨示意。当他们对突发的天气状况预估不足时，同样没有哪个好心人会为他们搭上帐篷，更没有人会告诉他们，在哪里可以享受微风吹拂，哪里又可以免受蚊子的彻夜叮咬；什么样的柴火容易点着，什么样的柴火只冒烟不着火。

两个年轻的冒险家在继续向下游进发之前告诉我们，他们俩会在旅行结束之后服兵役。他们希望通过此次旅行体验一下冒险的感觉。对于砍柴人来说，这样的体验每天都要经历。而现代文明却为这种体验设置屏障，企图阻止任何愚蠢的行为发生。野外旅行的意义主要在于它能给人的心灵以震撼，这种震撼可不是猎奇，而在于它给人犯错的自由。荒野让人真实体验到了聪明带来的奖励和愚蠢带来的惩罚。要说这次旅行带给这两个男孩子的意义就是：他们真正在凭借着自己的力量向前行进着。

我建议每个年轻人都有必要安排一次野外旅行，这样，你才会体味到自由的真实含义。

在我小的时候，父亲时常向我传授关于宿营地点、垂钓水域及森林选择方面的知识，他的标准是“几乎和弗兰博河的现有条件一样好才行”。当我划着独木舟进入父亲口中的这条小溪之后才发现，它远超我的预期，它更像是一片正在步入老年的荒原。新建的村舍、度假村以及公路桥把辽阔的荒野切成零散的碎片。沿着河顺流而下，两种印象交替变换。当路过船舶停靠的码头时，居然有一种置身荒原的幻觉；过了一会儿，却又会看到有人正在种牡丹花。

经过牡丹花丛之后，我们重新有了回到荒原的感觉，是因为看见一只雄鹿从岸边的隐蔽处蹦了出来。划到下面水塘附近，首先看见的是一座人造木屋，用合成材料盖的屋顶，门前挂着一块写有“驻足小憩”的牌子。此外，还有几个人在乡村气息十足的绿廊下打桥牌。

保罗·班扬[1]是个大忙人，他没有机会告诉他的子孙后代，在哪里最适合储备一块自留地。但我想他肯定会选择弗兰博河。因为最好的白洋松、糖枫树、黄桦和铁杉木都集中

1 保罗·班扬，美国传说中的英雄，他是个伐木工，由于力大无穷、伐木快而名扬四方。

分布在这片区域。在别的地方可找不到既有松树又有硬木的林子。弗兰博河的松树生长在硬木土壤里，而这种土壤土质极为肥沃，因此松树长得又高又大；又恰好紧挨着一条便于运输木材的溪流，这里的木材在很久以前就被砍光了，只留下了木桩作为它们存在过的证据。一些有缺陷的松树被留了下来，还能找出一些弗兰博河的轮廓，它们是见证那段历史的绿色纪念碑。

那段砍伐硬木的历史才过去没多久，铁路运输木材的最后一根铁轨也不过是10年前的事情。城镇也遭废弃，只留下硬木公司的一间土地出售办公室。随着树木被砍光，美国历史上的伐木时代也就结束了。

后砍伐经济时代的弗兰博河靠着残留下来的东西活下来。那些被斥为“贱民”的木质纸浆制造者，他们居然来丛林中寻找幸存下来的小铁杉木。锯木作坊的工人们挖掘出河床下面沉睡着的“死货[1]”，这些“死货”都是在木材运输时代沉于河底的。如今被挖出来摆放在岸边的旧码头，这些木材保存完好，具有很大的经济价值。在今天的北方森林，已经很难再遇到这样的优质松树了。伐木者们把沼泽地里的白

1　死货，意指埋于河床淤泥之中的优质松树。

杉木砍倒，守在一旁的雄鹿吃掉白杉木的叶子。所有人和事物，都依靠着这些残留物生存着。

弗兰博河的林地被清理得干干净净，以至于现在的农舍主建造一所小木屋时，居然要使用爱荷华或者俄勒冈[1]的圆木仿制品，这些木材用卡车运送到威斯康星。与把煤运到纽卡斯尔[2]的历史相比，这还算比较温和的讽刺。

如今，弗兰博河的有些面貌，还保留着保罗·班扬时代的样子。黎明之前，只要摩托艇还没来，你依然可以听到荒野上河水流动的声响。有几处未被砍伐的林地幸运地归为国家所有。很多珍贵的野生动物得以存留下来，如河里游着的大梭鱼、鲈鱼、鲟鱼，沼泽地里的秋沙鸭、星鸭、林鸳鸯，还有天空中的鱼雁、老鹰、乌鸦。现在这里到处都能看到数目庞大的鹿群，单是在这两天里我就见到了52只。碰巧还能看到一两只狼在弗兰博河上游荡。据本地的猎户讲，他亲眼看见貂出没过，如果追溯弗兰博河出产貂皮的历史，那应该是公元1900年前的事情。

1943年，威斯康星环境保护部门建立了一个长约50英

1 俄勒冈，美国的木材之都，全州约有一半覆盖纯森林，森林工业在经济中占有重要地位。

2 纽卡斯尔，英格兰东北沿岸第一大港。纽卡斯尔的财富先后来自羊毛和煤炭两大行业。英文中有句俚语，“运煤去纽卡斯尔”，比喻办事的方法和目的南辕北辙。

里的沿河自然保护带，把这些荒野圈到里面。这个自然保护带位于州立森林的矩形区域内，河岸两旁不会栽植树木，可以尽可能地避免开辟道路。环境保护部门非常有耐心地推进着弗兰博河流域的生态恢复工作，甚至不惜重金购买土地，拆除土地上的别墅。总之，州环境保护部门的目标是：尽最大可能将其恢复到原始荒地时代。

几十年里，弗兰博河为保罗·班扬提供了上好软木松树的同时，肥沃的土壤也让乳品业有了发展条件。腊斯克县的奶农们期望能获得价格低廉的电力，他们合作设立了农村电气化管理局，并于1947年申请建立发电水坝。但是，建水坝就要把50英里自然保护带的下游区域分离出来。

当地立法机关因为奶农的施压，不仅批准了水坝建设项目，同时还驳回了环境保护委员会关于水电站未来发展规划的建议和意见，我们可以预见，弗兰博河还有威斯康星境内的一些野外河流，最终都避免不了建设水电站的命运。

如果我们的后代从出生就没看过一条野外溪流，那么对他们来说，不能在流动的水面上泛舟，也就没什么遗憾的了。

伊利诺伊和爱荷华

伊利诺伊的巴士之旅

一个农夫和他的儿子正在院子里，用一根大横锯锯一棵又高又粗的三叶杨。树干很粗，几乎和锯片的长度相同。

我记得这棵高大的树曾经是草原上的航标。乔治·罗杰兹·克拉克[1]可能还在树下露营过。中午，水牛在树下阴凉里，甩着尾巴赶走苍蝇；春天，这里又是旅鸽的栖息点。可以说，它是除了州立大学以外最好的历史图书馆。可引起农民重视的却是大树飘落的杨絮会塞住他们的纱窗。

1 乔治·罗杰兹·克拉克（1752—1812），美国独立战争将领，后来威斯康星的克拉克县以其名字命名。

植物学家告诉农民，榆树不会阻塞纱窗。除此以外，州立大学还对诸如樱桃树蜜饯、牛布氏杆菌病、杂交玉米和美化农场之类的问题，发表自以为是的高论。但他们始终没提到如何让伊利诺伊大豆增产。

原来的马车道已改为宽敞平坦的混凝土路面，我现在坐的这辆巴士的时速可以达到60英里。公路的路堤挤占了农田，在路堤和栅栏之间留有一条狭窄的草地，这就是伊利诺伊州曾经的大草原。

巴士车里没有人注意这些遗迹。那边坐着一位农场主，衬衣口袋里露出来一张肥料账单，他无神地看着车窗外那些为草原提供氮的羽扇豆、胡枝子、赝靛。假如我问他，为什么他的土地的产出是那些非草原的州县的两倍，他可能会回答，因为伊利诺伊的土壤更加肥沃。如果我问他，那些紧紧盘绕在栅栏上的白色钉状花朵是什么植物，他可能会很不确定地摇着头说，就是一些杂草吧。

一片墓地从车窗外闪过，墓地周围长着油亮的紫草。新农场大多选用毛叶泽兰和苦苣菜做美化，而紫草从不去别的地方，它只愿意陪伴死者。

敞开的车窗传进高原鹬的一声鸣叫。过去，它的祖先尾随着水牛，穿过大草原，那里的野花长得和牛肩一样高。男孩指着高原鹬对父亲说：“那儿有一只沙锥鸟。”

路过的指示牌上写着：“你正在进入格林河土壤保护区。”牌子上还用小字记下了自然资源保护者的名单，不过，字体太小了，在移动的巴士上根本看不清写着什么。

牌子被刷上油，竖立在小溪边低处的一片牧场上。草长得很短，适合在上面打高尔夫球。在一个干涸的小河床的转弯处，新修的河床像尺子一样笔直，这是工程师为了加快水流速度特意修直的。而山上一条条的耕地，却修成弯曲的，这也是工程师为了减缓土壤流失出的主意。显然，这里的水已被专家们的意见搞晕了。

农场里每一样东西都可以换算成钞票。盖农场全部用的是钢筋、混凝土，房子刷着新油漆。谷仓上刻着修造者的名字和日期。屋顶布满了避雷针，连风向标也新镀成金色。在这里连只猪看起来都趾高气扬。

老橡树还是那棵老橡树。周围没修树篱，也没有灌木丛、篱笆。玉米地里站着只小公牛，鹌鹑恐怕已经不在那儿了。栅栏围绕着狭窄的草坪边缘，农民不放心，又加上了一圈带刺的铁丝网。他们的口头禅是：多算计，不受穷。

洪水冲下来的废弃物，堆积在下游牧场灌木丛中。溪岸地带还保留着原始风貌。伊利诺伊的土地整块地脱落，向着海洋移动。高高的淤泥通通堵在豚草丛中。究竟是谁在浪费？草原又能维持多久呢？

笔直的高速公路从玉米、燕麦和苜蓿的田地中穿过。巴士仍在路上飞驰，乘客互相聊着天。他们在谈论棒球、税收、女婿、电影、汽车以及葬礼，反正没人注意过车窗外像海啸一样起伏的伊利诺伊大地。伊利诺伊没有起源，没有历史，没有浅滩和深渊，也没有潮汐。对他们来说，伊利诺伊只是大海，而他们只是从这里路过。

踢动的红腿

每当我想到自己的童年，又想想自己的现在，时常感到疑惑：人们通常所说的“成长”，是不是一种倒退呢？那些经常被成年人提及的经验，不过是一些冲淡生活真谛的琐事。不过，童年时看到的野生动植物的印象，始终以生动的形象铭记在我心中。半个多世纪以来，动植物的专业知识方面，我有很大长进，但那些最初的印象却始终存在我的记忆里。

在我很小的时候，父亲送我一把单管猎枪，让我去猎杀野兔。在一个冬日里的星期六，我兴奋地赶往野兔狩猎场，路过的湖面已经被冰雪覆盖，仅有一个小圆洞没结冰，可能是风车房向外排暖水的地方。野鸭早已飞往南方，此时我第一次有了一个鸟类学设想：假如有一只野鸭留了下来，它一定会来探寻这个圆洞。我努力抑制住对野兔的渴望，靠着荨麻丛，坐在冻结的土地上，耐心等待着。

整整一下午，我只看见乌鸦飞过，只听到风车工作时发出的呻吟，顿时，我感觉冷了起来。终于，在日落时，西边的天空出现了一只黑色的野鸭，它没有丝毫犹豫就径直朝着圆洞飞落下来。

我已不记得当时是怎么瞄准的，只记得一声枪响后，野鸭腹部朝上重重地摔在冰面上，红色的腿在冰面上挣扎着，我那时的喜悦无法形容。

父亲说我也可以用猎枪去打松鸡，但那时我还只能射击不动的动物。父亲跟我说，等我再长大一点儿，就可以射飞行中的松鸡了。

虽然我的狗能帮我把松鸡赶到树上，但我还是选择放弃向一只不动的松鸡开枪。要知道，同一只落在树上的松鸡相比，魔鬼和他的七个王国根本不算诱惑。我要遵守我的狩猎道德戒律。

为了我的戒律，第二个狩猎季快结束时，我连一只飞翔的松鸡羽毛都没有猎到。有一天，在山杨丛林，突然一只大松鸡蹦出来，从我的背后拼命飞向最近的雪松沼泽。我抓住了这个梦寐以求的机会。伴着枪声和飘落的羽毛，它跌落在一片黄色的落叶中。

当时的画面，我今天仍然记得：它倒在绿茸茸的苔藓上，旁边是一株株红御膳橘和紫菀草。我想我对这两种植物的感情，大概就是从那时开始的。

亚利桑那和新墨西哥

最高峰

我第一次去亚利桑那的白山时，那里还是骑士的世界。由于道路崎岖，汽车无法去几条主干线外的其他地方，而那里地域辽阔，不适宜徒步旅行，就连牧羊人也骑在马背上。所以，这个被称为“山顶”的县便成了骑士的天堂：牧牛人、牧羊人、山林干事、设陷阱捕兽者，几乎所有人都骑在马上。现在的人一定会疑惑：这样的话，身份的高低怎么从交通工具上区分出来呢？

从这里往北走两天，有一个通铁路的镇子。在那里，出行方式可供你随意选择：步行、骑驴子、坐马车、坐普通火车或带卧铺的火车。不同的出行方式对应不同的社会阶层，而且每一阶层都说着不同口音的话，衣着打扮也不同，吃的就更加不一样了。他们唯一的共同点是：都去那几家杂货店和享受亚利桑那同样的阳光和空气。

要是在白山，出行只能步行或骑马，社会阶层的差异自然就看不出来了。而在“山顶”，只剩一种阶级——骑马者阶级。

可亨利·福特[1]带来的革命，已经改变了山顶的一切。今天，飞机可以让任何人飞在蓝天上，不管是汤姆、迪克还是哈利[2]。

冬天的“山顶”甚至连骑士也别想上去。厚厚的积雪覆盖了草甸，大雪封山，只能等到5月，峡谷中的河流解冻后，你才可以骑马上山。不过，你和你的马要做好在没过膝盖的泥浆里前行的准备。

每年春天，骑士们有一个不成文的竞赛：看谁是第一个闯上“山顶”的骑士。不论谁得了第一，消息总会不胫而走，

1　亨利·福特（1863—1947），美国汽车工程师与企业家，福特汽车公司的建立者，他是世界上第一位使用流水线大批量生产汽车的人。

2　英美人的常用名，此处用于代指狩猎者们。

变成众人皆知。这位骑士自然也会成为当地本年度的“头号新闻人物”了。

山上的春天跟文学中描述的春天不同，山上的春天是伴随着温暖的阳光和料峭的春风交替而至的，来得比较晚。羊群已经在山里吃草了，还会被突然降下的冰雪冻得发抖；就连一向乐观的乌鸦，也蜷缩起身体。

夏天的天气更是说变就变，就连反应最迟钝的骑士和他的马，对这些多变的天气也有着深刻的感受。

要是在一个晴朗的早晨上山，新长出的花草会邀请你跳下马来，和你的马一起在上面打个滚儿。路上的每一个生命都在歌唱，拼命地长大。一直同凛冬抗争的松树和冷杉，依然昂着头，但此刻迎接的是和煦的阳光。缨松鼠还是一副严肃的表情，但它的声音和尾巴已经掩饰不住激动，迫不及待地告诉你：这么难得的好天气，你可以在寂静的美景中度过美好的一整天。

或许一小时以后，乌云就会遮住太阳，眼前的美景会在闪电、暴雨和冰雹的袭击下暂时退却一会儿。乌云堆积在空中，像点燃了引信的火药桶。大风刮得小石砾不停滚落，树枝发出被刮断的脆响。马开始惊慌起来。当你准备转身解开雨衣时，它倒退着打起喷嚏、战栗来，好像你要去打开一部《启示录》[1]的卷轴。当我听有人说他的马不怕闪电之类的外行话时，我心里暗暗想：那是因为你没有在7月骑马上山。

惊雷声就够让人胆战心惊了，接下来看到的画面更可怕。一道闪电击在岩壁上，石块从耳边呼啸而过。不远处的松树被雷劈为两段，一块木片朝着我飞过来，发出像标枪一样的呜呜声，深深地扎在离我不远的地上。

山顶是一片广阔的牧场，骑马穿过牧场也要半天的时间。不过，这里可不是一个长满青草、四围被松树环绕的露天剧场。牧场的边缘是不规则状的植被、岩石组成的，每一处景观都各不相同，没有人能完全熟悉这里。当有骑士进入一个“新的”开满鲜花的小峡谷，他不禁会感叹：这里要住着一位诗人多好，一定会写一首诗来吟咏一番。

或许是出于被美景震撼的心理，很多人在山顶营地的山杨树皮上刻下了自己的缩写姓名、日期，甚至牲口火印。人们通过这些印记可以了解“得克萨斯人”的历史和文化。比如，通过缩写姓名认出来一位熟人，他的儿子曾在马匹交易会上打败过你；或者，他的女儿曾跟你一起跳过舞。我曾看

---

1 《启示录》,《新约》的最后一卷经文，是关于灾祸、天象的种种预言，其中有骑马者打开卷轴的情景。

到一个特别简单的缩写，只记载了日期“19世纪90年代”。很显然这个人是一个路过的牛仔。或许10年以后，他会在日期前加上姓名，那时他已经通过奋斗成了一名富人。或许几年之后，你还会找到他女儿的缩写姓名，那是一位爱慕他女儿的年轻人刻上去的。他不只想娶他的女儿为妻，还想继承他的财富。

当年的牛仔已经去世。他一生或许只关心他的存款和拥有多少头牛羊。可是，这里的山杨树却帮他记载着，他年轻时曾登上山顶，在山杨树边领略美好的景色。

山杨树上所记载的远远不能涵盖这座山的历史，从地名上也能读到它的历史。牧区的命名，无论是下流还是带有些讽刺，都绝不落俗套。大多数的名字都很有故事的味道，引得新来的人们总是好奇地打听。或许是问的人多了，这些地名居然被编排成了神话故事。

比如说，有一片非常秀丽的牧场，名字却叫“埋骨场”。传说在19世纪80年代，有一位愚蠢的牧牛人，他住在温暖的得克萨斯山谷。由于轻信了山上夏日的蛊惑，他把牛留在山上吃草过冬。结果，11月的暴风雨袭来，只有他自己逃了出来，牛却全冻死在山上，骨头被风雪掩埋，形成了一个小山丘。

在蓝河上游源头处有一个地方叫“坎贝尔的忧郁”。以前，有一位牧牛人带着他的新娘来到这里。这位夫人看厌了岩石和树林，渴望得到一架钢琴。于是，牧牛人为她买了一架“坎贝尔”钢琴，请县里技术最好的赶车人，用骡车将钢琴运到深山里。然而，这架钢琴并没有留住他的新娘，她最终还是逃走了。如今，这个牧场的小木屋残破得只剩下一堆破裂的圆木了。

还有一片被松树环绕的沼泽牧场，叫“菜豆沼泽”，这里有一座小木屋供旅行者借宿。当地有一条不成文的规定：凡这种小木屋，主人都要留下足够的面粉、猪油和菜豆，还要在马槽中添满草料。这样假如哪位旅行者遇上暴风雨，被困在山里一个礼拜，至少有菜豆可以吃，不会被饿死。因这个地名，大家知道了当地好客、善良的民风。

最后要说的这个名字，在很多地图中都能看到，叫作“天堂牧场”。这的确是一个没有一点儿新意的名字。但是，当你骑着马历尽艰辛到达时，你会发现，这里的确符合天堂所应具备的一切条件。一条潺潺流动的河从绿油油的草地中间穿过，河里面全是鲑鱼。在这儿住一个月，连马都长得膘肥体壮。我第一次来到这里时，不禁想道:“除了‘天堂牧场’，它还能叫什么？”

我放弃了很多回再次拜访白山的机会，因为，我不愿看到游客、道路、锯木厂和铁路带给它的变化。我最近听到一些年轻人兴奋地谈起白山:“这真是一个美妙的地方。”对此，我心中是百分之百地同意。

像山那样思考

在山梁间回荡着一连串低沉的嗥叫，声音中透着傲慢的气质、对悲痛的宣泄和对一切困境的鄙视。

嗥叫声让每一种生物都感到胆战心惊。对于鹿，那是逃命的提醒；对于松树，那是雪夜凶杀案的开始；对于郊狼，那是分一杯羹的允诺；对于牧场主，那是财务赤字的威胁；对于狩猎者，那是利齿和子弹的对决。然而，在这些显而易见的希望和恐惧背后，还隐藏着更深一层的含义。只有见多识广的大山能听懂这层含义。因为只有大山能够冷静地聆听一匹狼的嗥叫。

人类虽然无法领会这深层次的含义，但能感觉到它的存在。这种存在足以让见过狼的人脊背发凉。即使没有听过它的嗥叫，很多事件也暗示了它的存在：一匹马在半夜里嘶鸣；碎石哗啦啦的滚落声；一只鹿逃跑的脚步声；云杉下阴森的小路。只有愚笨的新手才感觉不到狼的存在，连大山都对狼存有敬畏的态度。

大山的态度是我从一匹死去的狼眼睛中看到的。当时，我们正在一个悬崖上吃午餐，下面是湍急的河流。我们看见一只雌鹿正涉水通过河流。当它爬上岸，我们看到它摇动的尾巴，才意识到那是一匹狼。这时，从杨柳丛中跳出来6只欢快的小狼，向那匹狼摇着尾巴欢迎它。看来这是一个狼的家族。

在那个时代，从没有猎人会放过杀死一匹狼的机会。我们便将子弹填满枪膛，从悬崖上向下瞄准射击，直到把子弹都打光。那只头狼被击倒了，还有一只狼崽拖着一条腿，挤进岩石缝中逃命去了。

我们围在那只头狼的身边，看见从它垂死的眼中迸射出一道凶残的绿光。我忘不了它的眼神，但还是没领会山的思考。那时我年轻，对打猎兴致盎然。我天真地认为，狼的数量减少了，鹿的数量自然就多了，那不就成了猎人的天堂？多年之后，当我回忆起那束绿光，我能感觉到，无论是狼还是山，都不赞同这样的观点。

果然，这些年我见证了狼从一个又一个州消失，看到鹿群把可食用的灌木丛和幼苗通通啃掉了，把能够到的树叶也都吃光了。最终，数量庞大的鹿群吃光了所有能吃的植物，直到饿死在山里。

从前，鹿群活在对狼的极度恐惧之中，如今，山也同样活在对鹿的极度恐惧之中。相比之下，山的恐惧感更强烈，因为当一头雄鹿被狼吃掉，很快就有另外一头雄鹿取代它；而一座被鹿破坏的山林，几十年也不可能恢复原状。

牧牛人同样没有领会山的思考，他杀光了领地中的狼，牛群的数量很快就超出了草场的供给能力。沙尘暴趁机肆虐草场，河流干涸，草场不复存在。

人类追求安全、繁荣、舒适、长寿和简单的生活。同样，鹿也用它灵巧的四肢追求着，牧牛人用陷阱和毒药追求着，政治家用笔追求着，平民用机器、选票和美元追求着。不论用何种方式追求，目的都是一个，即为了我们这个时代的和平。但我们应本着这个目的把眼光放得长远些来思考，过度的安全同样存在危险。梭罗[1]曾经说过：野蛮是这个世界的救赎。不幸的是，只有大山听懂了狼的嗥叫声所蕴含的意义，绝大多数人还是不明白。

埃斯库迪拉山

生活在亚利桑那州的人们，脚下是青青的草原，头顶是蓝色的天空，地平线上以埃斯库迪拉山为界限。

无论何时你骑马驰骋于平原北面的任何地方，放眼望去总能看见埃斯库迪拉山。

当你骑马向东，你会穿过一片树木繁茂的平原，每一棵树都有自己的一片天空，在阳光里，散发着刺柏的清香，听

1 梭罗（Henry David Thoreau，1817—1862），美国作家、哲学家，超验主义代表人物，也是一位废奴主义及自然主义者，有无政府主义倾向，曾任职土地勘测员，著有《瓦尔登湖》。

着蓝头松鸡的啁啾声，一切都显得那么惬意。当你站在高高的山脊上时，你就会感受到天地的伟大和自我的渺小。

再骑马往南走，就来到了纵横交错的蓝河峡谷，白尾鹿、野火鸡和野牛随处可见。当一头雄鹿在地平线上跃出一道弧线，你会被眼前的美好惊呆，不由自主地放下手中的猎枪。

要是勒马往西走，就到了阿帕奇国家森林公园的外围，那里是一片树木的海洋。伐木工将高大的松树砍伐下来，以40根为一捆堆成木材堆。我们从笔记本上记录的木材的捆数，大致算出木材堆的体积，心中总觉得有些不舒服。当我们登上高处的山脊时，一阵寒风呼啸过脚下的绿色松林，才稍稍将我们郁闷的心情吹散。再向远方眺望则是埃斯库迪拉山。

这座山不仅是我们生活和游猎的界限，也为我们划出了晚餐品种的界限。

那时，我们经常在冬天的晚上到河边伏击野鸭。鸭群很警觉，哪怕有一点杂音，它们就会飞到黑漆漆的埃斯库迪拉山里去。因此我们只能等在那里，等它们再次出现，我们就可以为荷兰烤肉锅添上一只肥美的雄鸭。如果它们一夜不回，那我们就只好吃些熏猪肉和豆子了。

我知道只有登上埃斯库迪拉山顶，才会看不见埃斯库迪拉山，但你时时刻刻都会感觉到大山的存在。这其中有一个原因在于那只大灰熊。

这只传说中的“大脚怪[1]”一直以杀戮为生，而埃斯库迪拉山就是它的领地。每年春天，大灰熊感受到了室外和煦的春风，便缓缓地从冬眠洞穴里爬到山下，然后将一头小牛填进它的肚子，再爬上峭壁，享用土拨鼠、兔子、浆果和树根，就是这样度过整个夏季。

我曾亲眼见过一头被它杀死的牛。牛的头骨和颈部被熊掌拍得粉碎，就像是被一列高速火车迎面撞死的。

一般很少有人能见到这只大灰熊，只是在悬崖底下的温泉岸边，会发现灰熊吓人的足印，就连最彪悍的牛仔，也会立刻紧张起来，不由自主地想到大灰熊的巨掌。篝火晚会上，他们会谈这只“大脚怪”，它一年只会吃一头牛，并在附近几平方英里的地方活动，但它的存在能震慑整个县。

那时，牛乡是从一些不同的渠道知道“进步”这个新鲜词的。

1 大脚怪，指那只大熊。

第一次听到这个词，是从一位长途汽车司机的口中。他很健谈，向牛仔们不停地说着一路上的见闻。

后来是一位身穿黑色天鹅绒衣服的漂亮女士。她操着一口波士顿口音，宣传妇女选举权的意义。乡民虽然不懂她说些什么，但仍然愿意听她说。

接着又来了一位电话工程师，把电话线捆在刺柏树上，就可以立刻听到城里传来的消息。有一位老人惊讶地问，能不能让这根电话线给她送一块城里的熏肉来。

春天，“进步”又传来消息：这次要派来一位官方的捕兽员，据说可以像圣乔治[1]一样专门为政府消灭猛兽。他到处询问这里有没有猛兽。当地村民回答说：“是的，有一头大灰熊。”

于是捕兽员牵着一头骡子，带好装备向埃斯库迪拉山进发了。

一个月后，他和骡子回来了，驮回了一张沉重的熊皮，这张熊皮太大了，只能在镇上最大的畜棚上摊晒。据他说为了对付大灰熊，他用尽了办法，设陷阱、下毒药都不管用，最后埋伏在熊的必经之路上，架好一支猎枪，终于等来了这

1 圣乔治，天主教圣徒，常以屠龙英雄的形象出现于西方的文艺作品中。

只大灰熊，把它射死在山上。

当时正是炎热的6月。熊皮散发着臭味，皮上布满了斑点，已没有什么经济价值。我们知道，这是山里的最后一只大灰熊，应该留下这张熊皮作为对这个物种的纪念。可最后保留下来的，仅是一颗头骨，现在陈列在国家博物馆里供科学家们去争论它的拉丁文名字。

现在当我们再次思考这件事情时，我们开始怀疑：这难道就是“进步”吗？

自从上帝创造世界，埃斯库迪拉山上的玄武岩就开始被时间消耗着，等待着，同时也创造了三样东西：一个是庄重的外貌，一个是动植物群，还有一个就是大灰熊。

政府的猎熊者认为是他为埃斯库迪拉地区的牛群创造了一个安全的生存环境，但他却不知道，他掀翻了一座从创世时就开始建造的大厦的尖塔。

据说，被派遣的捕兽员是一位生物学家，他精通进化建筑学，可他却不懂得大厦的尖塔跟牛群同样重要，他更没能预见20年内这个牛仔之乡会成为一个旅游之乡，人们来此正是为了大灰熊，而不是为了吃牛排。

决定拨款除掉牧区的大灰熊的国会议员们，大多是拓荒者的后人。他们一面在传颂拓荒者的美德，一面却在葬送他们的成果。

林务官默许了捕兽员去消灭大灰熊。前一阵儿，一位农民在犁地的时候，翻出来一把刻着一位科罗拉多军官名字的短剑。我们严厉地谴责西班牙人的罪行，谴责他们当年为了抢夺黄金和传教而对印第安人大开杀戒，但我们的林务官是不是也在默许一场非正义的杀戮呢？

埃斯库迪拉山依然在地平线上，但它仅是一座山，如今不会有人再想到大灰熊。

奇瓦瓦和索诺拉

瓜卡马亚

在黑暗时代，中世纪的物理美学仍然是自然科学的一部分。即使是研究空间弯曲的科学家，也无法解开其中的奥秘。比如说，构成秋天北方森林景色的是土地、北美红枫，再加上一只流苏松鸡。在传统物理学的逻辑中，一只松鸡仅代表1英亩土地质量与能量的百万分之一。然而，如果除去这只松鸡，整片土地的风景就死了，原因在于流失了某种强大的动能。

我们会认为动能只是我们想象出来的产物，不知道治学严谨的生态学家是否认同这一观点呢？他很清楚这种生态学上的死亡是目前学界正在激烈讨论的问题。对于这种目前还难以估量的本质，哲学家称之为“灵魂”。本质与现象形成了鲜明对比，现象是可以估量的，哪怕是测算一颗最遥远处的星辰的运行。

松鸡代表北方森林里的灵魂，冠蓝鸦代表山核桃林里的灵魂，灰噪鸦是泥炭沼泽地的灵魂，蓝头松鸡是山路刺柏林的灵魂。然而，这些在鸟类学的书籍中从无记载。以目前的科学水平，这些还是很新鲜的说法。一些具有敏锐观察力的科学家已经认同了这一观点。尽管如此，我还是要说一下我在马德雷山脉[1]新发现的灵魂：厚嘴鹦鹉。

我称它为新发现，是因为很少有人到过它居住的山脉。只要不是一个聋哑人，只要到了这条山脉，就马上能够感觉到它在这里所处的地位。当你还没吃完早餐，鸟群就已经飞出悬崖上的栖息地，开始一天的晨练。它们结队盘旋飞行，突然改变方向，在空中大声鸣叫，好像在争辩着一个问题：今天峡谷中的天空，和昨天相比哪一个更辉煌、更蔚蓝？争辩还没有得出结果，争辩的两派就一起飞到高台上享受它们

1 马德雷山脉，墨西哥的主要山脉，泛指从东、西、南三面环绕墨西哥高原的三条山脉。

的松果早餐。注意，它们还没有发现你。

但当你在峡谷外的山坡攀登时，厚嘴鹦鹉目光敏锐，1英里之外就发现了你正在那条专属于鹿、狮子、熊或火鸡的小路上行走。它们抛开早餐，成群结队地喊叫着向你飞来。此时，你多么希望能有一本鹦鹉字典同它们对话。它们好像在盘问：是什么风把你吹到这儿来的？或者，它们仅仅是想向你请教：山以外的地方风光美，还是它们这里的风光美？

答案可以两选一，也可以说说各自的优点。但此时，你思考的却是另外一个问题：当路通到这里，会迎来首批持枪的游客，将会发生什么事情？

它们已经断定你是一个不善言谈的家伙，甚至一个寒暄的口哨都不会吹。还是吃早饭更要紧！它们决定飞回悬崖下面的大树上先吃完早饭再说，顺便给你一个机会，让你可以站在悬崖边近一些观察它们。首先看到的是它们绿天鹅绒的制服，佩戴着猩红色和黄色的肩章，戴着黑色的头盔，在松树间飞来飞去，且始终保持一个阵形，而且成员的数目总是偶数。只有一次，我见到一个厚嘴鹦鹉的队伍是5只的非偶数。

我不知道此时正在筑巢的情侣们，会不会像在9月间迎接我的那群一样热情，但是我很快就会知道9月的山里是否有鹦鹉。我作为一名合格的鸟类学者，有义务先描述一下它们的鸣叫声。猛地一听，它们的叫声跟蓝头松鸡非常相似，但后者的鸣叫比较柔和，有些怀旧的情调，而被当地人称为“瓜卡马亚”的鹦鹉的鸣叫则较为响亮高亢。

一对鹦鹉会在春天的时候到死去的高大松树上寻找啄木鸟洞，躲在里面直到完成种族延续的使命。但是，和旅鸽一般大的“瓜卡马亚”，看起来很难进入啄木鸟的洞穴。难道它们会用自己强壮的曲喙对洞穴的内部加以扩展？还是它们专选择帝王啄木鸟的洞穴？让我们把解答这个问题的任务留给未来的鸟类学者们去完成吧。

绿色的潟湖

为了留下最美好的记忆，聪明人不会再去同一片荒原旅行，就像看一朵野百合，它越是金光闪闪，越有可能是人为染上去的。因此，故地重游只会把旅行搞砸，还是把记忆搁在心里，那些冒险之旅才永远生动新鲜。所以，我和弟弟自1922年乘着独木舟在科罗拉多三角洲探险后，便再也没去过那里。

自从1540年埃尔南多·德·阿拉孔[1]从这里登岸之后，这个三角洲就几乎被人遗忘了。我们在当年埃尔南多停靠的河口处登岸扎营，却好几个星期没有看见一个人影或一头牛，也没找到一处有人居住过的痕迹。有一次，我们穿过一条古老的货车轨道，那里却连制造商的名字都没有标注，估计是因为此处的买卖太不景气。还有一次，我们捡到了一个锡罐，这还算是一个有价值的东西。

清晨，栖息在牧豆树上的黑腹翎鹑唤醒了沉睡中的三角洲。太阳从马德雷山脉脚下冉冉升起，阳光照耀在方圆100英里的美丽荒野上，这是一片由锯齿状的山峰围起来的广阔的荒野盆地。一条大河将三角洲分成两部分，事实上，这条河流灌入一百多个绿色的湖泊中，在其中寻找一条流向海湾的捷径。因此，它将所有的湖泊都拜访了一遍，我们也一样。它一会儿转到这里，一会儿拐回来，一会儿迂回前行，一会

1 埃尔南多·德·阿拉孔，西班牙航海家，死于1541年。

儿又迷失在丛林中。它绕来绕去地和小树丛游戏，并不着急返回，我们也是如此。让这条不愿在大海中失去自由的河流带着我们旅行吧！

《圣经》中所写的“领我在可安歇的水边”[1]，对我们来说只是一句经文，但泛舟游过绿色的潟湖之后，我觉得，假如大卫没有写下这句话，我也非把它写下来不可。湖中大片的藻类将湖水染成翡翠般的深绿色。牧豆树和柳树将河道和荒原分隔开。白鹭立在河流的每个转弯处，像一尊尊白色的雕像；鸬鹚组成一支舰队在水面搜寻胭脂鱼；红胸反嘴鹬、北美鹬和黄足鹬单腿站在沙洲上打瞌睡；绿头鸭、赤颈鸭和短颈野鸭被小船吓得飞向天空，聚在一小片云朵里，等着我们的船划过去。白鹭们都在远方的一棵绿色柳树上歇息，看上去像是一团团的积雪。

我们只是愉快地欣赏这些珍稀的鸟类和鱼类，但一只短尾猞猁却伏在河里漂浮的圆木上，等待一条胭脂鱼的出现。在浅滩上，浣熊家族一边走一边找龙虱吃。郊狼在水中的小山上等待我们离开后回去继续享用牧豆林中的早餐，我想它的早餐应该是那些受伤的鸟儿、鸭类或者鹌鹑。每处浅滩上

1　出自《圣经·诗篇》第二十三篇。

都有黑尾鹿的足迹。我们常常跟踪地上的足迹，希望能发现三角洲独裁者——美洲豹。

美洲豹的藏身之处没有人能找到，但它的威名却响彻整个荒野。野兽们全都小心翼翼地嗅着空气中的气味，稍有疏忽就可能成为美洲豹的美餐；只有在确认没有美洲豹的气味时，鹿才敢在灌木丛周围稍微休息一下；宿营者睡觉前谈论的话题经常是美洲豹；狗也害怕地钻进主人帐篷里过夜。看来，猫科之王在夜晚依旧统治着这里。据说，美洲豹能轻松地抓住一头牛，牙齿像铡刀一样锋利。

现在的三角洲，没有了百兽之王的统治，动物们不用再恐惧，牛群可以悠闲地吃草，但对狩猎者来说却枯燥无趣。狩猎已经不是冒险运动，自豪感也随之离开了绿色的潟湖。

当吉卜林[1]闻到阿姆利则[2]晚餐的炊烟时，他应该为大地上的这些柴火写一首诗，因为从没有一位诗人为它们写过诗。难道诗人都用无烟煤做饭吃吗？

三角洲的人做饭用牧豆树做柴火，这是一种燃烧时会发出极香的气味又极易碎的燃料。在经过了百年的霜冻和洪水

1 吉卜林（1865—1936），英国小说家、诗人，生于印度孟买，诺贝尔文学奖获得者，代表作有《丛林故事》。

2 阿姆利则，位于印度西北旁遮普邦的一座重要城市，梵语中意为“花蜜池塘”；它不仅是印度边境的要塞，也是锡克教的圣城。

的洗礼以及太阳的烘烤后，它们变得特别容易掰断，这些古老的树木此刻就堆在露营地旁，随时准备烧开一壶茶，烤一片面包，或把鹌鹑烤成棕色，夜里还负责为人和牲畜取暖。当你将一铲牧豆树炭放在烤肉锅下面，千万离火远些，因为火会越烧越旺，牧豆树炭有七条命，可以烧很久。

我们到玉米地就用白橡木炭煮食物；到北方森林我们就用松木做饭；在亚利桑那，我们用刺柏树枝烤鹿排。当我们享用了在三角洲用牧豆树炭烤制的大雁后，我们一致承认这是我们用过的最完美的燃料。

我们用了一周的时间才将这几只肥美的雁捕获。据我们观察，雁群方阵每天早晨出发，从海湾飞向内陆；没过多久，肚子圆圆地飞回。究竟是哪一处的湖泊为它们提供的美味？我们一次次地随着雁群迁移，希望能看见它们去哪儿赴宴。有一天，早晨8点钟左右，我们看见雁群方阵变换了队形，一排排地滑翔而下，降落到地面。我们终于发现了它们的赴宴地点。

第二天一早我们来到那里，埋伏在布满了雁群足迹的泥沼旁。我们从露营地到这里走了很长一段路，现在饥肠辘辘。弟弟正准备把一只烤鹌鹑放到嘴边的时候，天空中传来了一阵嘎嘎的叫声，雁群从容地落下来，我们一动不动地看着。随后，枪声响起来，鹌鹑掉在了沙滩上，而来赴宴的大雁也躺在沙滩上踢蹬着腿儿。

越来越多的大雁飞落到这里。我的狗激动地保持进攻状。我们从容地吃完鹌鹑，窥视着雁群的动静。大雁们正狼吞虎咽地啄食砾石。一群大雁刚吃完，马上另一群又飞来了。看来只有沙滩上的砾石才最合它们的胃口。雁群为了这顿美餐不惜每天飞行40英里路程，当然，对我们来说，一大早徒步到这里也是值得的。

在三角洲，小猎物多得猎杀不完。露营地都挂满了我们当天吃不完的鹌鹑。只要几分钟，猎杀的鹌鹑就足够我们享用一整天。我们甚至总结出了烤肉的最佳步骤：在烘烤之前，先把鹌鹑挂在绳子上冻一宿；第二天，挂着冰霜的鹌鹑烤起来色泽和味道能达到最佳。

这里所有的猎物都肥得流油。每一只鹿都攒下了厚厚的脂肪，我相信它脊背上的肉窝能够倒得下一小桶水，当然，它绝不会允许我们这么做。

很容易就能知道这里富庶的原因。这里的每一棵牧豆树和每一株山芝麻上都结满了果实，滩涂上长满了牧草，种子多得可以用杯子舀。还有那片荚豆地，如果你在里面走一圈，口袋里一定会装满豆粒。

我记得在几英亩的泥滩上长满了野瓜。鹿和浣熊喜欢剖开这些冷冻的瓜果，吃流出来的瓜瓤。鸽子和鹌鹑也拍打着翅膀，凑过来捡剩下的瓜瓤吃。

我们当然不能和鹌鹑、鹿抢东西吃，我们只是在一旁分享着满眼的喜悦。我们能体会到它们共同富裕的幸福感觉。这种对土地的感情，在任何人为垦殖的地方，我都不曾体验过。

在三角洲露营，可并非像喝啤酒那么轻松。在这里，我们要解决一个问题，那就是水。湖里的水是咸的，河里的水又太混浊，不能直接饮用。每到一地，我们就会挖一口井。可大多数井里冒出来的都是海湾里的盐水，因此，我们不停地找水。每当打一口新井，我们先让狗下井去尝尝。如果狗大口喝水，那就说明我们可以在这里埋锅造饭了。当篝火点起来，鹌鹑在荷兰烤肉锅里吱吱作响时，看着落日的余晖洒在大山背后。等天完全黑下来，我们便躺下来回想今天所发生的事情，倾听夜晚的各种声响。

至于第二天的行程，我们从来不做计划，因为在荒野上随时有可能出现新的诱惑，所以计划根本没用。我们索性向悠闲的河流学习，流到哪儿算哪儿。

在三角洲旅行，很难保持按部就班的节奏。当我们为了搜寻猎物爬上一棵三叶杨时，看到一望无垠的原野，以至于我们甚至放弃了再向前搜寻的勇气。这一点，在西北方的雪乐山最明显。这里是一片大盐土荒漠，就像一条白色带子，一眼望不到头，朦朦胧胧的仿佛连着永恒的海市蜃楼。1829年，亚历山大·帕蒂为执行一个冒险计划——渡过三角洲前往加利福尼亚，最后因口渴、精疲力竭和蚊虫叮咬而死在了这里。

我们曾计划过，从这里的潟湖转移到300码外的另一个潟湖去，那里据说有很多水鸟。可是这段路上有一片丛林阻挡，林中生长着一种高大的灌木，茂密得人根本无法通过。现在赶上了洪水期，那些长矛都弯下腰，就像马其顿方阵[1]一样挡住了所有道路。我们只好原路返回，安慰自己：现在的这个潟湖是最好的。

被困在丛林的方阵迷宫里会非常危险，不过，这种危险从未发生在我们身上。还有人警告我们：河口会突然出现潮涌，形成一堵水墙，可以将独木舟打得粉身碎骨，曾经有比

1　马其顿方阵，一种早期步兵作战时的战术。在伊萨斯之战和高伽米拉会战后，马其顿方阵的威名传遍了古代地中海区域。

独木舟更大更坚固的船被潮涌吞没过。为了避开潮涌，我们精心设计过一个绕行方案，我甚至梦见海豚在潮涌中跃起，同海鸥一起鸣叫着为我们护航。但令我失望的是，我们在河口等了两天，潮涌始终没来。

还没有人为三角洲上的地方起过地名，我们不得不临时为每一个分支命名。其中有一个湖，我们称它为“瑞里托”。在这里，我们看见了天空中的珍珠。当时是11月，我们正仰面躺在地上晒太阳，无所事事地望着一只美洲鹫在头顶盘旋。突然间，在天空的另一边，若隐若现地出现了一个白色斑点构成的圆圈，一会儿工夫，就听到如号角一般的鸣声，那是鹤群的叫声，它们也来到了这片三角洲。那个时候，我对鸟类学知之甚少，我看到它们长着洁白的羽翼，就管它们叫美洲鹤。不过，实际上它们是沙丘鹤，但是这并不重要，关键是我们与这种最狂野的鸟群，在同一个时间和地点，发现了一个共同的家。我们如果能发出号角一般的鸣叫，一定大声回应它们的问候。虽然现在已经过去很多年了，但我依然能够想起它们在天空盘旋的盛况。

这一切都已是很久远的记忆了。当有人跟我说，现在的绿色潟湖盛产甜瓜，我相信味道一定特别甜美。

人类总在毁掉他们所钟爱的事物。拓荒者也不例外，他们毁掉了自己的荒野。也许有人会说，我们是被迫无奈的。我有时庆幸自己不再年轻，因为在我年轻的时候，曾经生活在荒野的家园里。当地图上找不到空白地带，即便有四十种自由，那又能怎么样？

加维兰河之歌

水流在岩石、树根和险滩上撞击出来的声音，就是人们说的河流之歌吧。加维兰河演奏过一种非常好听的音乐，乐曲模仿山中荡漾的涟漪，歌声描绘了绿苔覆盖下的无花果树、橡树和松树根部的肥美虹鳟。山里面到处都有类似的音乐，并且具有很强的实用价值，潺潺的流水声回荡在狭窄的山谷时，引得鹿和火鸡跑来喝水，水声掩盖了人和马匹的脚步声。悄悄地绕过转弯处，你就可能获得一个非常好的射击机会，省得你去爬高高的平台了。

每一只耳朵都灌满了水流演奏的音乐，以至于听不见山里其他的乐声。为了听到其他的乐声，需要在这里住上一段时间，先学习群山和河流的语言。然后，在一个寂静的夜晚，营火熄灭的时候，昴星也已翻过悬崖，静静地坐下来倾听狼的嗥叫声，凭想象试着去听懂它们。你还可以听见狼群的和声。乐谱就雕刻在群山之上，音符演绎着所有动植物的生与死，几秒钟的旋律，思想却可跨越几个世纪。

每一条河流都有自己的音乐，但大多数因为掺杂了不和谐的滥音而被毁掉了。首先，过度放牧破坏了植被和土壤，还有步枪、陷阱、毒药等使大量的鸟类和哺乳类动物濒临灭绝；接着，新开辟的道路和游客又出现在公园和森林里。建立公园的初衷是给大众带来歌声，但是，现在人们来到这里却只能听见噪音，而听不见音乐了。

过去在河边居住的人从不打扰河流，过着和谐的生活。那时加维兰有很多人居住过，因为到处都有他们留下的痕迹。你随便登上一座峡谷的吊桥，都能发现自己正站在石阶或者拦沙坝上。每一级的顶端都与下一级的底端相连。每个水坝的后面都有一小块田地，利用斜坡流下来的雨水灌溉。在山脊的顶端残留着瞭望塔的石基。农夫大概就在这里看守着田地。生活用水也来自这条河。他们好像不养任何家畜。那么，他们田里种植什么作物呢？那些长在田里、树龄都已超过300年的松树、橡树或刺柏或许知道答案。但是，它们显然还没有这片农田古老。

鹿非常喜欢趴在这些小台阶上。就像躺在一张平坦的床上，橡树叶做床垫，灌木丛当窗帘。在这里，鹿一眼就能发现山下的入侵者。

趁雄鹿正在坝上睡大觉，我在大风的掩护下，悄悄地接近了它。它卧在一棵橡树的树荫下，橡树根盘绕在石基上。鹿的身旁长着金黄色的垂穗草和绿色的龙舌兰，鹿在花草的衬托下格外明显。整个场景就像已布置好的餐桌，就等主人来就餐了。可我却没有射中，箭射在了岩石上。当雄鹿向我挥动几下雪白的尾巴，跳下山跑走了，我突然意识到，它和我就像是一则寓言里的两个不断互相追逐的角色，到最后终究要各自归于尘土。没有猎到鹿，我反而觉得很庆幸，因为，假如我的花园里也有这样一棵大橡树，我也会希望能有一只鹿躺在它的阴影下。同时我也希望，那些猎鹿失败的狩猎者也和我希望的一样。

总有一天这头鹿会被猎人的子弹射倒。随后牧民放养的小牛会侵占橡树下的床位，大口享用金黄色的垂穗草，直到这里野草丛生。洪水将古老的堤坝冲溃，岩石堵在旅游道路上，但现在车辆可以从那条曾经有狼的小路上绕过去了。

以当前的条件来看，加维兰的土地坚硬而且石头很多，到处都是险峻的山岭；这里的树木长了很多节，不能算是好木材，这里山路陡峭，不适合做牧场。但是，老一辈的垦荒者并没有被眼前的假象所蒙蔽，而是根据经验判断，他们认定这是一片到处流着奶与蜜的丰饶之地。橡树和刺柏虽然长得弯曲，但果实却足够养活一大群野生动物。鹿、火鸡和野猪不断地把橡树果实转化为身上的肉。在金黄色的垂穗草叶子下的球茎，简直是一个地下菜窖，其中就有野生马铃薯。打开一只小默恩斯鹌鹑的嗉囊，简直是一个地下食物展览馆，其中的标本恰恰来自你所认为贫瘠的岩区。

每个地区都有一个人类食谱展示当地的特产。加维兰地区是这样制作它的特产的：在每年11月到第二年1月时，杀死一头以橡果为食物的雄鹿，把鹿悬挂在橡树上，经过七昼夜的霜冻和晾晒后，从脊骨下面的油脂层中割下一块半冻的肉条，横着切成肉排，抹上盐、胡椒粉和面粉，然后扔进抹着熊油的荷兰烤肉锅里，再用橡树枝在锅下面加热。当肉排变成棕黄色时，从锅里取出来，洒上些面粉，倒入牛奶和水，把肉放在热气腾腾的酸面包上，淋上肉汁。

本地烹饪的方法极具象征意义：雄鹿躺在山上沐浴着金黄色的阳光，而此刻那勺金黄色的肉汁就仿佛是生前照在它身上的阳光。

加维兰的食物链就是一个循环封闭的链条。其中最重要的一环就是橡树。橡果是雄鹿的食物，雄鹿又是美洲豹的食物，而美洲豹死后又埋在橡树之下，化成肥料被橡树吸收，循环以橡树开始，又以橡树结束，这还只是食物链中的一种。橡树为冠蓝鸦提供食物，而苍鹰又以冠蓝鸦为食。此外，橡树还供养着熊，熊最终变成肥美的肉汁；橡树也养大了鹌鹑，也喂养火鸡。橡树做了这么多，只有一个目的，就是各条食物链为加维兰提供更优质的土壤，长出更多的橡树。

有些人肩负重大使命，要研究植物、动物和土壤结构三者的关系，这些人被称为教授。因为需要研究的组件太多，就像一个庞大的管弦乐队的不同乐器，教授们只能挑选其中一种乐器，用毕生的精力去钻研。钻研的过程在一个叫大学的地方进行。

每个教授只研究自己的“乐器”，从不学别人的“乐器”，他们即使懂得欣赏音乐，也绝不向他的同行说他对乐队的意见。这就是目前这种僵化体制的现状。体制规定乐器的研制属于科学的范畴，而和声则属于诗人的研究领域。

教授推动了科学，科学又推动了进步。进步又向落后地区传播科学，但因为许多乐器太复杂，落后地区的人一时欣赏不来，大量的乐器被毁。如果在这些乐器被毁之前，教授能对这个乐队提出意见的话，就不会出现这么多的遗憾了。

科学为世界带来精神财富的同时，也贡献着物质财富。科学最重要的贡献在于它的科学态度。这意味着除了事实，我们可以怀疑任何事物。科学所坚信的一个事实是：每一条河流的开发都需要更多的发明来支持。所以，我们就需要更多的科学。河流上的美好生活就来自这种逻辑性的无限延伸。可任何一条河流上的美好生活，前提都是要有河流才行呀。但这么重要的一点却从没被科学重视。

在科学还没来加维兰时，水獭在浅滩中出没，它整天和水塘里的虹鳟鱼嬉戏打闹，但它们从未想到，有一天洪水会冲溃河岸，探险者夺走了虹鳟鱼的自由。和科学家一样，它始终认为自己的美好生活将延续，以为加维兰河之歌将会永远为它歌唱。

俄勒冈和犹他

雀麦草喧宾夺主

就像小偷们会结成团伙，动植物的害虫也会团结合作。如果一种害虫在某个地方遇到了困难，另一种害虫就会来帮它。最终，每个地区的每种资源，都会迎来生态学的不速之客。

随着拖拉机的增多，马匹数量减少，数量庞大的欧椋鸟跟了过来，英格兰麻雀越来越少就不足为奇了，板栗疫病没有扩散出西部的栗树林，倒是荷兰榆树病成功地从西部榆树林传播出去。白洋松疱锈病，因为没有树可传播，只能停留在西部平原上；如今，却找到了一条捷径，通过落基山脉，从爱达荷扩散到了加利福尼亚。

在殖民统治时期，生态学的偷渡者就被带到这里来了。瑞典的植物学家彼得·卡尔姆发现，早在1750年，欧洲的大部分杂草就已经出现在新泽西和纽约。他们跟随殖民者的锄头，进入新翻出的田地中。

更多的偷渡者是从西部来到这里的。它们在被牲畜践踏出的数千平方英里的土地上定居下来。春天开始，它们迅速蔓延到各地。迅速到前一天还一切如常，第二天早晨醒来时，你会发现，牧场已经被一种新的杂草占领。雀麦草或叫“贼麦草”，入侵到中部山区和西北丘陵，就是一个明显的例子。

你不能对这些投毒者存有任何乐观的想法。新出现的雀麦草的草地不能给人生机勃勃的感觉。它是一种一年生的禾本科杂草，每年秋季死去，并在第二年春天重新发芽。在欧洲，它们生活在茅屋顶上的烂草中。在拉丁语里，屋顶被称为“tectum”，于是，雀麦草又被称为“Bromustectorum”，即“屋顶雀麦”。它是一种既可以在屋顶上生长，又可以在陆地上茁壮成长的植物。

现今，西北山脉两侧小山蜜黄色的色彩，早已不是丛生禾草和小麦草，而是取代本地野草的低劣雀麦草。驾车旅行的人只会为美景欢呼雀跃，没人会管植物间谁取代了谁。他们并不知道，从生态学的角度看，山已经被毁坏了。

过度放牧导致这种更迭。当大量的牛群和羊群吃光了山麓丘陵的草皮时，雀麦草趁机将大片的土地遮盖起来。

雀麦草长得很密，成熟后茎上长满了小刺，乳牛根本没办法吃雀麦草。所有在雀麦草地工作的人，都穿着高筒靴，否则你就会体会乳牛的鼻子面对雀麦草时的尴尬。

秋天的小山覆盖着金黄色的刺芒，刺芒非常易燃。因此，雀麦草地避免不了会发生火灾。山艾树和蔷薇草，被烧退到了海拔更高的山地上。作为冬天鸟兽们的庇护所的松林边缘，也同样被烧退到了高处的山地。

对于夏季的旅行者来说，烧掉几簇灌木丛不会影响他们的行程。但是，他们不知道，冬天的积雪会让牲畜和猎物不敢登上高山。牲畜可以在峡谷的牧场上找到食物，但鹿却必须去丘陵觅食，否则会被饿死。适宜过冬的地带通常都不大，而且越往北走，草地的差异就越大。因雀麦草引发的火灾，野蔷薇、鼠尾草和橡树数量都减少了，这是整个地区野生动物生存困难的原因。另外，这些灌木丛还保护着本地多年生牧草。灌木丛被烧毁，牧草便会被闯入的牲畜吃掉。雀麦草留给狩猎者和畜牧业者的牧场范围越来越小了。

雀麦草还不断惹出些小乱子。它侵占古老的苜蓿地，使饲料的品质降低；它阻塞了水道，新生雏鸭只得变换行进路线，遭遇更多危险；它入侵到下游木材产区，低矮松树幼苗被它们覆盖窒息而死，火灾则威胁老树的生命。

我在加利福尼亚边界地区的“入境口岸”，一个检疫官搜查我的汽车和行李。我很生气，他很有礼貌地解释说，加利福尼亚欢迎旅游者，但他必须确保旅行者的行李中没有任何植物和动物疫病。我问他是什么动植物疫病，他背诵了一长串花园和果园的病害，唯独没有提到雀麦草，尽管它们已经蔓延得到处都是。

当然，虽说得不偿失，但人们也发现了雀麦草的一些优点。雀麦草在幼苗时期是很好的饲料，你中午吃过的煎羊排，就是用雀麦草幼苗喂养出来的。雀麦草还缓解了因过度放牧而导致的土壤流失。它本身就是过度放牧的副产品。

现在西部是接受雀麦草是无法战胜的灾祸，无奈任其发展呢，还是正视雀麦草的威胁，发动一场对它的战争来纠正之前的错误呢？我发现，人们普遍存在着一种绝望的情绪。

迄今为止，他们在生态管理方面毫无建树，而且，对受害的地区毫不关心。我们为保护自然资源所做的工作，不过是在会议室和编辑部中吊起的一架风车[1]，在过去的40年里，我们甚至没有向它扔过一次长矛。

1 以堂吉诃德大战风车做比喻，暗示这是一场不可能胜利的战斗。

曼尼托巴

克兰德博耶

我担心，教育会发展成为只学习和关注一件事情，对别的事都视而不见。

大多数人分不清每块沼泽地与众不同的地方。出于我个人的特别爱好，我带着一位朋友来到了克兰德博耶。但我发现，对他来说，这里仅是一个不适于划船的荒凉沼泽而已。

这的确让我费解，因为任何一只鹈鹕、游隼，都能看出克兰德博耶是一个与众不同的沼泽。所以它们喜欢这里，厌恶有人非法入侵它们的领地，在它们眼中我们的到来是一种破坏万物法则的不正当行为。

只有那些不清楚历史的人才会认为，人类和动物是在1941年同时抵达所有的沼泽地的。鸟类更了解事情的真相。一支南飞的鹈鹕中队，只要感觉到大草原上空的微风，便能立即知道这里是可以避开最残酷的侵略者的避难所。它们发出古怪的咕噜声，朝着它们的未来——那片荒野落下去。

其他的难民在这里也获得了休息。像一群幸福的孩子，福斯特燕鸥在湖滨的泥滩上呐喊着，大冰原中流出的碎冰，让它们联想起即将捕捉到手的鲤鱼。一队沙丘鹤向天空鸣号警示，表示自己的存在。天鹅在水湾中安静地航行着。沼泽迈过一棵倒在水中的三叶杨树，流进大湖里。游隼正戏弄路过的飞禽。显然它已经吃饱了，恐吓短颈野鸭作为饭后消遣。在阿加西斯湖仍然覆盖这片大草原时，它就爱玩这套把戏了。

野生动物的情绪变化很明显，所以很容易分类。但是，在克兰德博耶有一个避难者，我们对它的情绪始终捉摸不透。它不像其他的鸟儿那么容易轻信人类，始终坚定地不同任何人类入侵者打交道。它就是北美鸊鷉，我尽量小心地跟踪它，却只能看见它下潜入水的瞬间，它不发出一点声音钻进水湾里。过上一会儿，从远处芦苇丛后传来几声铃儿般的脆响，它是在向所有同伴发出警告。但它警告什么呢？

我始终猜不到它警告的内容，因为鸟和人类之间仍有沟通障碍。我的一位客人从鸟类考察名单中将北美鹡鸰删掉了，只对它发出的脆响声用一个音节做了备注：“克里克——克里克”。他没有意识到，鸟类叫声里所暗含的秘密信息不能简单地按拟音记录下就完了，更需要翻译和理解。唉！不过，我现在也没有翻译和理解它的信息的更好方法。

春天离这里越近，铃声就叫得越持久，在黎明和黄昏的每一片水域，都能传出它的脆响。我推想，幼小的北美鹡鸰现在正向父母学习生存之道呢。但要看一看它们的课堂，却不是件简单的事。

有一天，我趴在麝鼠洞穴里悄悄地向外观察。一只红头雌鸭带一群红粉色扁喙、金绿羽毛的小鸭子游过来，一只弗吉尼亚秧鸡几乎游到我鼻子前，一只鹈鹕的影子从池塘上飞过，一只黄足鹬在池塘自在地吹着口哨。此时，我绞尽脑汁想写出一首诗来，而那黄足鹬只消抖一抖腿，一首诗就完成了。

一只水貂扭动着在湖岸上爬行，鼻子伸向空中，尾巴拍打着沙滩。芦苇草丛传来雏鸟的吵闹声，长嘴沼泽鹪鹩着急地钻进去看。阳光晒得我有些困意的时候，一只鸟儿的头突然从池塘里钻出来，瞪着一双红眼睛。它巡视了一圈周围的动静后，才浮出银白色的身体——它和雁差不多大小，细长的身体。它已经从水中站起来了，背上驮着两只小珍珠般的灰色幼鸟，翅膀紧紧地把它们包裹起来。一愣神儿的工夫，它们就全溜掉了。从芦苇丛的后面，我又听到了那铃声，是在嘲笑我吗？

鹬鹛既不属于科学，也不属于艺术，它是历史带给我们的礼物。它对于黑斯廷斯战役[1]的获胜者一无所知，却能感知到谁是时间之战的赢家。如果人类的历史和鹬鹛一样古老，那么，我们或许可以听懂它们呼唤的含义。我们所有的自豪感，不过才是几代人自我意识的成果！这些从古老历史中飞来的鸟，又该有怎样的自豪感呢？毕竟，在没有人类时，鹬鹛已经存在很久了。

整个沼泽地区的主旋律是鹬鹛确立的。它甚至可以对整个生物群挥动指挥棒。湖泊水位逐年下降，是谁站在湖岸测

1 黑斯廷斯战役（1066年10月14日），哈罗德国王的盎格鲁一撒克逊军队和诺曼底公爵威廉一世的军队在黑斯廷斯（英国东萨塞克斯郡临近加来海峡的城市）地域进行的一场交战。

量深浅？是谁吩咐西米椰子和芦苇积蓄阳光和空气，不要让麝鼠在冬天被饿死？是谁让沼泽伸出生命的茎叶？是谁安抚了终日孵巢的野雁？是谁给予水貂在夜间杀戮的权力？是谁教会苍鹭精准地刺出长矛？

所有的动物都在执行各自的工作，我们就认为它们拥有的技巧是天生的。它们自愿不知疲倦地工作。也许，只有[illegible]鹏是不知疲倦的，它是在提醒其他动物：如果想生存下去，就要不停地觅食、争夺、繁衍、死亡。

曾经横跨伊利诺伊和亚大巴斯卡河之间的所有草原的这片沼泽地，正在向北方撤退。人类不能只靠沼泽地为生，人类想居住到无沼泽地带。进步学不会对农田和沼泽宽容，也做不到让野生和驯服共存。

所以，我们动用挖掘机和堤坝、瓦片和火把，进入沼泽。在我们的“不懈努力”下，蓝色的湖变成了绿色的泥塘，绿色的泥塘变成干涸的淤泥，淤泥变成麦田。

有一天，我的沼泽也会成为一片麦田，很多年后不会有人知道它曾是一片沼泽。当最后一条米诺鱼在最后一处泥淖中最后一次回头时，燕鸥尖叫着向克兰德博耶说起再见，天鹅依然优雅地飞走了，鹤正在吹响告别的号角。

第三部分

结　论

环境保护主义美学

好像除了爱情和战争以外，只有户外娱乐让人类如此投入。现在，人们已逐步认可了回归自然是很有益处的事儿。但是，益处在哪儿呢？我们又该如何鼓励人们回到自然中去呢？抛开那些还有争议的问题，我们只谈那些被大家认可的观点。

在老罗斯福时代，乡村已经遍布铁路，城市里的人大规模地来到乡村。来的人越来越多，宁静的居所、野生动植物就越来越少，于是，为了得到更多的宁静，人们又向更远的乡村进发。

汽车改变了原本缓慢的迁移，不光快了，迁移的范围也大了。40年的迁移运动，使原本资源丰富的内陆地区如今也变得贫瘠。周末出来旅游的人，开着冒着烟发着热的汽车，就像太阳射出的离子一样，奔向各个乡村。乡村的旅游产业为游客提供住宿和饮食。岩壁上、溪流旁竖立的广告牌，指示着通往新建疗养地、风景区、狩猎场以及钓湖的路线。顺着广告牌指引，这些离子们可以走得更远。政府铺设新道路，开发更偏远的乡村，只为招揽那些城市里的旅行者。户外产业为离子们提供了精良装备，以对抗未开化的深山老林；拖车是现在最新的器械。以前人们需要在树林里或是山顶上才能找到的东西，现在在高尔夫球场便可以找到。然而，人类变得贪得无厌，休闲娱乐实际上变成了向大自然索取的过程，结果却什么都没有找到，这也正是机械工业社会的挫败和悲哀。

在有机械化装备的旅游者面前，荒野的溃败只是时间问题；哈得孙湾、阿拉斯加、墨西哥以及南非纷纷向旅游者做出了妥协，随后，南美大陆以及西伯利亚大陆也要加入进来。莫霍克河已经被人类击溃。人们自认为拥有无尽的生物能量，天天经营着自己的梦想。为此，他们像蚂蚁一样背着油箱在大陆上迁移。

这便是户外休闲的最新模式。

我们想知道：都是谁在寻求这些消遣？他们又在寻找着什么？下面这些例子会告诉我们答案。

首先，我们去看看野鸭生活的沼泽。一圈停车场环绕着沼泽，警戒线边上的芦苇丛中的每个位置上，都埋伏着一位“社会栋梁”在搜寻目标，恨不得立即动手射死一只鸭子。他们此刻才想不到联邦法律以及公众利益，显然这些也不会抑制他对肉食的欲望。

另一位“社会栋梁”在树林旁徘徊，他在搜寻着珍稀的蕨类植物或者刚出巢的雏鸟。

另外一类自然爱好者聚集在附近的度假胜地里，桦木舟上留下了他们拙劣的诗句。还有非专业的摩托车旅行者，他们认为的户外休闲就是累计里程，眼下他们正一路向南，驶往墨西哥城。

还有一类专业人士组成自然爱好者队伍，他们努力通过设立各种环境保护组织，为自然探索者们提供他们想要的东西。

我为什么要把有不同特征的个体通通归为一类呢？因为，不论怎么划分，他们都同属于狩猎者。那么，为什么这些人都声称自己热爱大自然呢？因为他们为了让猎物固定在某一区域里供他们猎杀，于是，他们希望采用立法、拨款、区域性规划、部门职能整合以及所有大众接受的方式，这些都是他们掩人耳目的伎俩罢了。

户外休闲已经成为一种经济资源。参议院议员提供大量数据告诉人们，旅行者花费了数百万美元在户外休闲上。当然，他们也相应地为旅行者提供了专门用于垂钓的小木屋，或者沼泽地里设立的监视野鸭的据点。

他们还为户外休闲总结了伦理方面的价值。人们在旅行、狩猎的同时，也促进了法律的规范与发展，比如说《户外行为规范》。我们把这些理念印制成画报，告诉给年轻人，只要他肯为这种思想的传播贡献一美元。

显然，无论是体现经济价值，还是在伦理价值上体现，背后都是某种驱动力的结果而非原因。我们找寻着与自然有关的各种联系，从中获得各自的利益。就像一场歌剧演出中，道具只能起到烘托舞台效果的作用，可各种专业人员都在为舞台效果拼命努力。但是，要是把为迎合舞台效果所做的努力说成是经济价值的话，就大错特错了。尽管猎鸭者和歌剧演唱家们所用的装备不同，却在做着同样一件事情：用各自的方式，让戏剧化的情节在现实生活之中重现。

发布与户外休闲相关的政策目前是有争议性的。同样有正义感的市民们，在“发展户外休闲以及如何保护环境基础”这个问题上却分成了两派。同样从户外休闲上考虑问题，荒野保护协会希望拆除山区的道路，而商会的人则希望扩大道路的覆盖区域。再比如，狩猎的农民们希望能用霰弹枪猎杀鹰隼，而鸟类爱好者们则建议用望远镜代替猎枪。事实上，他们所争论的问题，只是问题不同罢了，实际上他们都同意发展户外休闲。

现在，我们来分解户外休闲过程的各个组成要素，深入探讨各自的特点和性质。

我们从最基本的要素开始分析，即户外休闲运动过程中可能寻找、发现、捕获并最终带走的实物。实物既包括像猎物和鱼这样的野味，也包括兽首、兽皮、照片、标本这种代表成就的标志。

我们带走这些东西，实际上有种战利品心态。这种心态带给我们的乐趣和过程同样重要。不管是一枚鸟蛋，还是一群鳟鱼，一篮蘑菇，还是一张熊的特写照片，或者是一片野花标本、一张塞在山巅石缝中的便条，其实都是一张战利品证书。它证明自己的主人曾经去过何处，做过什么。因此，战利品所蕴藏的深层含义远远超过了物体价值本身。

有人提议可以规模化地生产和培育，通过人工繁殖增加猎物和鱼的产量，这样一来，每个猎人所得到的猎物和鱼儿的数量就会增多，猎物和鱼群也不会减少。如今，大约有20所大学教授这门野生动植物管理专业的课程，同时，也在研究培育更大更好的野生生物品种。然而，集约化管理让猎物和鱼儿的生殖繁育过于依赖人工化，这样反而降低了猎物和鱼儿作为战利品的单位价值。

比如，一条鳟鱼经过人工孵化，然后被重新放归到溪流中。但由于污染物破坏了水质，森林的过度砍伐让河水变暖等诸多因素，此时，它已经不能在溪水中进行正常的自然繁殖了。在这种情况下，想必不会有人站出来说，这条鳟鱼具有与落基山的纯野生鳟鱼同样的价值。即便捕获纯野生鳟鱼和捕获它需要同样的技巧，后者也失去了它的美学价值。但是，现在有几个过度捕捞的州，猎物几乎还完全依靠人工养殖的鳟鱼。

过度地使用人工繁殖这种方法，会将保护技术推向人工化的极端，这样反而降低了战利品的整体价值。

环境保护委员会意识到，为了保护这些人工繁育的娇气的鳟鱼，要有计划地捕杀掉造访人工孵化场的苍鹭和燕鸥。此外，溪流中的秋沙鸭和水獭也必须解决掉，因为，鳟鱼长大后会被放归到那里。对于渔民来说，这绝谈不上什么损失，但鸟类学者们却焦虑得坐不住了。他们看到欧洲保留的相当长一段时期的关于猎物收获的统计数据，能够清楚地知道猎物与捕食者之间的“交换比率”。比如，在德国萨克森州，射杀1只鹰是为了得到7只猎鸟，杀死1个掠食者是为了得到3头小猎物。

动物的人工化管理，也危及了植物的生命。例如，在德国北部，美国宾夕法尼亚东北部、凯巴布高原以及其他几十个地区，人工繁殖的鹿群毁掉了森林。过度繁殖的鹿群没有了自然天敌的威胁，植物的生长受到威胁，难以生存和繁衍。欧洲的山毛榉、枫树、紫杉木，东部诸州的红豆杉、白杉木，还有西部地区的山桃花心木、海石竹，这些供养鹿群的植物，如今正遭受着人工繁殖的鹿群的侵害。植物区从野花到树木，品种正在逐渐减少。鹿群也因为营养不良而变得更加瘦弱矮小。如今树林里，已看不到公鹿的身影了，更不用说像过去挂在封建领主墙壁上的鹿角了。[1]

随着鹧鸪和野鸡数量的大量减少，在英国的石楠荒地上过度繁殖的兔子严重地影响了树木的再生。在许多热带岛屿地区，大量养殖山羊破坏了当地的动植物生态平衡。农户们

1 指中世纪公鹿数量很多，能够满足封建贵族们的虚荣。

只能竖起铁栅栏来保护农作物的产量，使其尽量少受影响。

我们可以得出的结论是：大规模人工干预反而降低了以猎物和鱼为代表的战利品的质量，给非猎物的野生动物、自然植被、农作物带来破坏。

照片也是战利品中的一类，它们造成的破坏很小。即便有十几个旅行者在景区不停地拍照，也不会对景区造成损害。相机产业是为数不多的对野生大自然无害的产业。

所以，我们对于这种行为和大量人工干预来追求战利品的反应存在着根本的差别。

现在，让我们来分析户外休闲的另一个复杂的问题——大自然的孤独权。我们从关于荒野的讨论论战中得到证实，这种稀有的权利对于某些人来说极其重要。如今，荒野支持者们已经与道路建设当局达成了妥协，政府承诺只允许道路从荒野的边缘穿过；同时，每对外开放十几处野外地区，就要有一处由官方确立为荒野，中间不修道路。

但不久，民间保土护卫队在荒野中开辟出一条小路。因随后的一场火灾，又开辟一条大路以便灭火车可以顺利通过。还有人抗议荒野政策招致了现有荒地内的拥堵。一直保持沉默的地方商会，为了得到旅游所带来的经济甜头，才不管什么政府确定的荒野政策。

总之，在广告和经济甜头的影响下，保护荒野所做的努力全都停留在纸上。

不用再争论了，事实如此，人们来荒野找寻孤独，反而享受不到荒野的孤独。错误地开发了大量的道路、营地、小路以及厕所，说这些是旅游服务产品。从增加荒地价值的角度来看，这些设施并未给人们带来旅游的享受。

现在我们再来谈谈构成荒地孤独感的另一个要素：新鲜的空气。空气是比较特别的战利品，它和环境的变化相关性并不大，第一个进入荒原的人和第一千个进来的人呼吸到的空气是一样的。新鲜的空气和拍照战利品类似——可以接受大批的人类，而不会受影响和变化。

下面，我们开始分析另一组成要素，即对自然过程的认知。土地及早先就存在于土地上的生物能否在延续各自的生存特点的基础上成长，前者生物学称之为“进化”，后者生物学称之为“生态学”。虽然，这组要素不时地刺痛特殊阶层的神经，但同时启发了大众对进化和生态进行初步的认知。

认知特点时既不消耗也不降低任何资源价值。比如，鹰从空中俯身冲向猎物时，有人会认知为生物进化中的一环；但另外的人却认为，老鹰抢走了他伏击中的猎物。看到这戏剧性的一幕，目击者会激动不已，要求他向鹰开枪。

户外休闲唯一具有的创造性的意义，就是增进人类对生物进化的认知。

虽然，现在还很少有人能认识到这么多，但这个事实是很重要的。当丹尼尔·布恩[1]第一次走进“黑暗且血红”的森林和草原时，他发现，这里正是自己一直所期望和找寻的地方。他并没有给这个地方起名字，当然名字并不影响我们今天的讨论内容。

然而，户外休闲运动并非要求我们必须深入荒野，而是要求我们去感受荒野带给我们的反应。丹尼尔·布恩不单是用眼睛去发现事物的特性，更是用心灵深处的眼睛去看他心中的感受。生态科学正是让我们去张开心灵深处的眼睛，去了解事物的本源。相比布恩而言，当今那些能干的生态学家，正在帮助我们了解生物的特性。布恩仅仅看到了事情的表象。这点，就如同今天我们谈论起巴比特先生一样，他们都没有真正了解动植物的复杂性。在美国户外休闲娱乐资源

1 丹尼尔·布恩（1734—1820），肯塔基州垦荒先驱，也是美国历史上最著名的拓荒者之一。

发展的历程中，最大的贡献就是提升了美国民众认知自然的能力。

我们不敢要求巴比特先生在“认知”他的国家之前，必须先拿到生态学博士学位，恰恰相反，博士学位可能会让人变得和殓尸匠一样冷酷无情。认知可以划分为无限小的单元，比如城市中的野草和红杉树林传达着相同的思想。总之，认知既不靠学位获得，也不能通过金钱买到。认知存在于时间的任一角落。在对认知的探求过程中，仅仅从休闲娱乐上下功夫是没有必要的。

最后，谈谈第五个组成要素：管理的艺术。我们平常习惯以投票的方式而非行动来进行环境保护工作。当某些人将管理艺术运用于土地管理以后，大家才意识到这种观念的存在。也就是说，只有靠土地生存的所有者以及具有生态学思想的土地管理者，才懂得管理观念背后所暗含的艺术，而买票进入景区的游客则完全不用了解这种观念。那些猎物守护者，同样也不懂管理的艺术。政府起初试图让林业管理部门来运作休闲土地，却不知何时，管理权被土地官员拿来使用。从逻辑上来讲，他们根本不应该获得报酬，而应该为野生动物保护者付薪水。

管理艺术与农作物生产本身同样重要。这一点已经在农业生产领域得到了印证，但在环境保护领域，这种观念还没有引起重视。对欧洲及德国所实行的集约化的狩猎方式，美国的狩猎爱好者不屑一顾。就获得战利品的感受而言，他们的抱怨无可厚非，却完全忽略了在猎物获取过程中形成的管理观念，而时至今日，我们尚未接受这种观念。实际上，就像我们觉得必须以补贴的方式鼓励农民植树一样，通过收取狩猎费来促进农民饲养猎物的积极性，就是对野外的一种妥善管理艺术。

科学界有句名言:个体发展重复着种系发展。他们认为，每一个个体的发展，都在重复着种群进化史，真实地体现在人类的精神世界和物质世界中。满载而归的猎人，实际上是原始穴居人的重生。不论是以前以生存为目的，还是现在以体验为目的，猎取战利品的行为都是年轻力壮者的特权，没有必要为此表示歉意。

在当今，最令人不安的是，现代人在猎取战利品上并没有成长，他们的孤独感、认知能力以及管理观念并没有得到发展，有些已经丧失了。他们蜂拥在北美大陆上，像一只只被机械武装起来的蚂蚁，丝毫不考虑未来；只知道消费，不懂得创造。为了满足人类的贪婪，户外休闲工程师们不惜破坏荒野，提供各类人工化的产品，一面扬扬自得以创造者自居。

以获得战利品为目的的休闲主义者，正在将自己推向毁灭的境地。为了享受，他必须极力掌控、入侵、占有。因此荒野没有任何价值；对整个社会而言，荒野若不经人类开发就没有任何用。对于那些缺乏想象力的人来说，地图上的空白地带就是空白；对于另一部分人而言，这些空白地带是极具价值的瑰宝。

总之，初级的户外休闲活动只会消耗资源，而较高层次的户外休闲活动，在不消耗或很少消耗土地和生命的情况下，创造并满足了其自身需求。认知能力同快速交通运输网络严重脱节，大量的荒地面临崩溃的窘境。如此看来，户外休闲发展并非像在土地上开辟道路那样简单，人们的思想及相关的认知能力仍需要提升。

美国文化中的野生动植物

原始民族的文明和当地的野生动植物相关。因此，平原地区的印第安人以野牛为食，野牛对印第安人的建筑风格、服饰、语言、艺术、宗教有巨大影响。

开化的民族文明基础无论有了何种改变，都始终保留着部分野生的根源。在此，我将讨论文化根源对野生文化的价值。

我不会浪费时间去尝试权衡文明；根据先人们所达成的共识，仅仅谈论能让我们再次接触野生动植物的运动、风俗，所找出的文化价值。我大胆地将文化价值做以下划分。

首先的价值在于，揭示我们与众不同的民族起源和进化特性，唤醒我们的历史意识。这种意识就是所谓的“民族主义”。在我们将要举的例子中，暂且称这种价值为“拓荒者的价值”。比如，童子军男孩做了一顶浣熊皮帽子，并在小路下面的柳树丛中扮装成丹尼尔·布恩的样子。他正在重现美国的历史。再比如，一个农民的男孩刚检查过猎捕麝鼠的陷阱，带着麝鼠的臭气来到教室，他重现了皮毛交易的传奇故事。个体发展重复着种系发展，既存在于社会之中，也存在于个体之中。

其次，有种价值能够让我们认识到自己对于“土壤—植物—动物—人”这条食物链的依赖性，以及对于生物区系的依赖性。文明依靠工业化机器和中间商，打乱了人原本与土地之间的基本关系，人渐渐将文明的意识淡忘了。我们曾希望工业能给我们帮助和支持，可是，却没想过到底什么在支撑工业。如今，我们的教育中要加入对土地的认识教育。现在连小孩子都唱着这样的事实：人们带回兔皮，为他们的小孩缝制睡袋。这就是人们怀念曾经靠打猎为生的典型事例。

第三，有种价值通过集体主义的方式履行着伦理约束，我们称之为“狩猎人道德”。我们改进狩猎工具的速度，远比我们自身的改进速度要快得多。狩猎人道德希望能自觉约束对狩猎工具的滥用，在狩猎过程中多运用狩猎技巧，减少对狩猎工具的依赖。

野生生物伦理学有一点很奇怪，就是既没有人赞美狩猎者的行为，也不会有人指责。不论他做什么，都凭自己的良心来约束，而不必为其他人负责。这就是事实，我并没有过分夸大。

狩猎者自觉遵守伦理道德信条有助于提升他的自尊，而违反道德信条则让猎人道德沦丧。例如，所有的狩猎伦理信条都会告诉猎人不要滥捕。然而，威斯康星猎鹿者们在合法猎取雄鹿时，每猎杀2头雄鹿，同时也会在树林里射杀雌鹿和鹿的孩子，并把它们的尸体遗弃。这种猎鹿方式不能体现社会价值，更严重的是猎人的道德在逐渐沦丧。

这样看来，“拓荒者的价值”和人与土地关系，要么有价值，要么没价值，但伦理价值却可以让人与土地的关系变为负值。

上面大概界定了三种可以从根源上获取户外运动文化养分的方法。但是，并不意味着文化已经得到了养分。只有健康的文化成长起来，获取价值过程中才会自觉遵守，现在的户外休闲娱乐形式根本滋养不了文化。

狩猎者有两个特点，表现了户外运动的精髓：一种是行装简单，另一种是精准射击。但他们的这两个特点，是因为缺少运输工具，又没有钱买很多子弹。所以，这两个特点是被迫为之，并不是自觉狩猎者道德。

不过，两个特点逐渐成为狩猎者的一种价值信条——自觉遵守狩猎规则。美国人的自信、刚毅、丰富的丛林知识和精良射术，都是建立在这两种特点基础之上的。这些特点虽然没有文字记载，却不是抽象的。西奥多·罗斯福[1]是一名伟大的狩措者，他的伟大之处不在于他家中挂着的众多战利品，而在于他用通俗的语言解释了美国传统。斯图亚特·爱德华·怀特[2]的早期著作之中，对美国传统做了准确的描述。正是这些人意识到并传播美国传统，创造了美国文化以及发展模式。

随后，机械设计工程师出现了，不过他们的另一个身份是交易商，以兜售花样繁多的狩猎商品被人们熟知。这些装备为美国人提供便利的同时，也淡化了先前的传统。户外运动者携带各种新式发明塞满汽车的行李箱、拖车厢。户外运动装备虽然越来越轻巧，但积聚在一起，就成了以吨计量的庞然大物。新式装备的交易额巨大，这些现象被称为“野生生物经济价值”的表现形式。但是，我们所追求的文化价值

---

1 西奥多·罗斯福（1858—1919），昵称泰迪（Teddy），美国第26任总统，军事家、政治家、思想家。罗斯福是第一位对环境保护有长远考量的总统，在猎人和渔民阶层获得了广泛支持。

2 斯图亚特·爱德华·怀特（1873—1946），美国著名作家，代表作为《亚利桑那之夜》《山脉》。

又在哪里？

最后，让我们主要看看捕鸭者的装备。他坐在用钢铁武装的船上，船上设置着各式圈套，冒着黑烟的摩托车把他带到了伏击据点。他身边放着加热器，寒风中依然感觉到温暖，他打开喊话器，用鸟能听懂的极具诱惑力的声调，朝飞过的野鸭群大呼小叫。除了喊话器，他还设置了不少圈套，一群野鸭刚飞过来，猎人就迫不及待地开枪了，因为担心潜伏的其他捕鸭者随时有可能在他之前开枪。猎人不等鸭群飞近就可以开枪，因为他们手中的莫斯贝里猎枪不仅射程远，而且火力十足。子弹的火光在鸭群间穿梭，一对伤者从空中跌落在离伏击点很远的地方。这样的猎鸭，还能体现美国人的文化价值吗？现在这已经是最流行的捕鸭方式，这种模式在公用土地和一些俱乐部中极为普遍。试问一下，我们所引以为傲的行装简单和精准射击的特点都去哪儿了？

想解释这个问题并没那么简单。罗斯福并不反感现代的来复枪，同样，怀特自己也在使用铝锅、丝绸帐篷和户外食品，但他们还算有节制地使用机械工具；在狩猎时也借助工具的帮助，但注重依靠传统技巧狩猎。

我也不知道如何划定有节制地合法使用器械和滥用之间

的界限。不过，我很清楚的是器械的起源与它们对文化的影响巨大。自制的狩猎工具和原始的户外生活，增强了人与土地间的关系。一个用传统飞蝇鱼饵钓到鳟鱼的钓者，实际上体验了两次快乐。因此，对工厂生产制造的器械，使用要有限度，不能完全依赖，否则，就成了用金钱去狩猎，那就破坏了狩猎的文化价值。

也不是所有的狩猎活动都堕落到猎鸭那种地步，依然有美国传统的捍卫者。弓箭运动和驯鹰术的再次流行，就是这种复古开始的标志。但是，大量传统的狩猎方式却被机械化代替，随之带来的是文化价值的衰退，尤其是拓荒者的价值和节制伦理的衰退。

美国的狩猎者并不知道自己哪里做错了。强大、精良的器械，使工业飞速发展，那么，这种发展的红利延伸到户外休闲运动中，有什么不可以吗？其实他们还不明白，户外休闲运动是一项原始运动，是在模仿祖先的生存方式，其价值本身是一种对比价值，过度的机械化破坏了对休闲运动紧要的对比参照。

没有哪一位领袖告诉狩猎者他们到底错在了哪里。大量的户外杂志只介绍器械工具，而不介绍户外运动的美好和传统。野生生物管理者们忙于繁育狩猎所需的猎物，根本不关心狩猎的文化价值。因为色诺芬[1]和泰迪·罗斯福这样说过——户外休闲运动是有价值的，所以，人们就以为这种价值是永远存在的。

现代望远镜、照相机以及鸟儿的铝制脚环，并没有改变鸟类学的文化价值。对于捕鱼业，要不是装备了舷外发动机和铝制独木舟，其机械化程度要比狩猎小得多。而摩托化运输对荒野危害极大，把辽阔的荒野侵占分割成一块一块。

在偏远的森林中，还保持着用猎犬猎捕狐狸的传统，为我们呈现了拒绝机械化入侵的范例。这是最为纯粹的狩猎活动之一。通过这种方式，你可以真切地感受到“拓荒者价值”，体验人与土地间最亲密无间的关系。猎人故意放过狐狸，体现了有节制的伦理。现在，我们坐在福特汽车里追逐狐狸，狩猎的号角声与车喇叭发出的鸣叫交织在一起。幸好还没有人发明猎狐的机械犬，或在猎犬的鼻头装上莫斯贝里猎枪。当然，也还没有谁能教会猎犬如何开枪。我想到那时，器械的运用算是到头了。

狩猎活动的弊端也不能完全归咎于那些机械工具。也很

1 色诺芬（约前430—约前354），古希腊历史学家、作家，苏格拉底的弟子。

少有实物像广告商介绍的那么好用。那个“指引我们该去哪儿”的部门应该被授予特别奖。知道哪儿有好的猎物，哪里是垂钓的好去处，这种本事就是一种极具个人价值的财富。但像鱼竿、猎犬和猎枪这些工具，放在旅行专栏中销售，成为一种促销手段，就完全变了味儿。现在发展到连“自然环境保护”部门都可以告诉汤姆、迪克还有哈里，哪里的鱼儿最容易咬钩儿，哪里有大群野鸭可以猎杀。

所有这些有组织的肆意妄为，都在将个性化的户外休闲运动变成群体运动。我不知道户外休闲活动合法与非法的区分界限到底在哪里，却知道这种所谓的“我们该去哪儿”的服务，已经超出了理性的界限。

如果打猎或钓鱼的生意越来越好，那么，“我们该去哪儿”的服务就会引来更多的游客；如果打猎或钓鱼的生意不太好，广告商就会更密集地宣传造势。钓鱼彩票就是诸多宣传手段中的一种。在湖泊中饲养的鱼身上贴上标签，如果垂钓者能钓到贴有幸运号码的鱼儿，便可以领取一笔丰厚的奖金。这种现代科学与赌场的古怪结合，使本来就已经快枯竭的湖泊，又出现了过度垂钓的问题，却让小镇的商会愉悦起来。

产品工程师和推销员听从利益的指挥。但如果连专业的野生生物管理者都刻意回避这些事情，那么，也太不作为了。

野生生物管理者正在尝试建立野生生物的保护区，在区域内放养培育野生动物，人为地增加野生生物数量。如果这种保护措施真的施行，它又会怎样影响我们的文化价值？我们必须承认，拓荒者的兴趣影响着市场开发。丹尼尔·布恩可没有耐心等待你去培育野生生物。所以，传统的狩猎者们不接受人工饲养的理念，野生生物的人工培育理念遭到抵制，是因为它与拓荒者传统的自由猎取观念相悖。

机械化破坏了拓荒者价值，没有在文化上为这种价值提供替代。而在野生生物培育管理中，却出现了一个替代品——野地耕种，至少对我而言，这个替代品和其他的农业耕种模式一样，具有同样的价值。野生生物的管理对道德上的节制性提出了更高的要求。因此，我们可以得出这样的结论：野生生物保育破坏了拓荒者价值，却鼓励了另外两种价值。

如果我们将户外休闲运动视作机械化进程与保持传统之间的冲突，那么其中的文化价值前景堪忧。拯救文化价值的关键在于把握进取时机。我认为，这种时机已经成熟了，户外休闲爱好者们可以选择有利于自己的行为了。

近10年，出现了一种全新的户外休闲活动，它不会破坏野生生物资源，使用机械也有限度；绕过了破坏土地的问题，而且增加旅行者承载能力。这种户外休闲活动没有限制捕杀猎物数量，同时也不设立禁猎期。它需要指导，总结一种全新的、文化价值高的丛林知识。这种户外休闲模式，就是野生生物研究。

野生生物研究最好交给专业人士，当然其中一些问题可以供不同层次的业余爱好者加以探讨。在机械发明领域，早就有业余爱好者参与研究了。而在生物学领域，尤其是户外休闲研究方面，业余爱好者的价值刚刚体现。

玛格丽特·莫尔斯·尼斯就是一位业余鸟类学者，她在她家后院研究北美歌雀。多年后，她成了世界级鸟类行为学权威人士，她的思想深度和研究成果，远远超过了大多数的专业鸟类研究学者。另一位，从事银行业的查尔斯·L. 布罗姆利，爱好研究老鹰。是他第一个发现了老鹰冬天在南方筑巢，然后飞到北方的林地的事实。诺尔曼和斯图亚特·克里德尔，他们是农场的工人，爱好研究小麦农场里的动植物区系，两人后来成为公认的当地植物学和野生生物周期理论研究的权威。艾略特·S. 巴克，新墨西哥州山脉地区的一位牧场主，出版了一部关于美洲狮的专著，是猫科研究领域被视为最具价值的两部专著之一。不要以为，这些人除了工作就是研究，不懂娱乐。他们只是认为人生最大的乐趣就是去观察和研究未知的事物。

大多数业余爱好者目前所知的鸟类学、哺乳动物学和植物学，以及取得的成就，还屈指可数。原因在于，生物学教育机构垄断生物研究上的专业成果，而让业余爱好者自发去发现探索。我们有必要告诉年轻人：建一条在自己精神世界的船，同样能够在海洋中自由航行。

在我看来，野生生物研究的推广是我们当前最重要的工作。野生生物的价值，现在只有少数生态学家能够察觉得到，对全人类的进取精神研究还有很多未被发现的重要价值。

现在，我们知道，动物个体并没有意识到，自己在动物种群的某些行为模式是通过个体间的相互配合来实现的。兔子意识不到繁殖的周期性，但它却是繁殖周期性的发动机。

我们不可能在短时间内全部了解这些行为模式。即使我们采取了最严密的监控方式，目前，我们仍然不能从单个兔子身上发觉繁殖周期性的奥秘。这还需要我们用几十年的时间观察一个群体才能完全破译。

这也带出一个令人不安的问题：人类作为一个特殊的群体，是否也存在着我们都不了解的行为模式呢？比如暴动和战争、动乱与革命。

在许多历史学家和哲学家看来，人类的种群行为是个人行为集体主义化的结果。外交学认为，政治团体是一群具有同样品质的个体的结合。总而言之，我们往往都是事后才能认识到社会系统的运行模式。

因此，与兔子种群相比，我们的社会进程更有意志内涵。但是，我们作为一个物种，同样有我们还不了解的行为模式，而且，我们对自己的一些行为模式的理解可能是错误的。

不断对人类种群行为进行质疑，体现了人类作为唯一的高等动物的价值。至于研究其他动物群体的价值，以埃林顿[1]为代表的一群人早就提出过。几个世纪以来，我们一直找不到打开这个内容丰富的知识宝库的钥匙。现在，生态学教会了我们如何去寻找这把钥匙，去解决困惑我们多年的问

1 埃林顿，美国生物学家。

题。我们通过研究生物种群中一小部分的运作原理，就可以了解整个生物种群的运作原理。这种带着批判的思维、深入探索的能力，就是打开知识宝库的钥匙。

野生生物养育了大地，也成就了人类，并且塑造了人类的文化。此外，它还为我们带来了欢乐，可我们却在用现代机械工具毁掉野生生物。假如从现在起，我们改变我们对大自然的行为模式，相信我们能收获更多的快乐，还有智慧。

关于荒原

人类锤炼的被称为文明的人工制品使用的原材料就是荒野。

荒野的原材料多种多样，所以人工制品也多种多样。这些最终产品间的差异性，便是我们所谓的文化。丰富多彩的世界文化，也反映出各个文化发源地的荒野的多样性。

现在，人类历史面临两种急迫的改变：其一是较适宜居住的荒野正在消失，其二是工业化导致的世界性的文化混杂。我们无法阻止也不该阻止这些改变。但问题是：我们是否可以采取一些轻微的缓解措施，来保留那些即将在变化中消失的有价值的事物？

对于劳动者来说，铁砧上就是他需要征服的对手。同样，对于拓荒者来说，荒野就是他们即将要去征服的对手。

但是，对于正休息着的劳动者而言，他能以哲学家的眼光来看待那些未被加工的原材料，学着喜爱和珍视这些原材料，因为正是这些原材料赋予了他生命的意义。在此，我有一个请求：把这些最后的荒野当成一座自然博物馆，将它们作为珍品收藏起来，给后人留一块研究他们文化传统和起源的地方。

剩余无多的荒野

我们建国时的那些荒野大多已经消失了，幸存下来的荒野在大小和程度上都存在很大的差异。

现在的人很少有机会看到长满高草的草原，当年，拓荒者的马镫下是茫茫的草原花海。现在很难找到一片40英亩大小的草原了。过去，草原上生长着上百种美丽的植物。继承了这些草原的我们，却对很多植物都相当陌生。

卡韦萨·德·巴卡[1]曾到过的长着矮草的草原，如今已经被绵羊、牛和旱耕毁掉了，只留下了几处上万英亩大小

1 卡韦萨·德·巴卡（1500—1564），文艺复兴时期欧洲探险家，曾浪迹美国南部地区约9年时间。

的地方罢了。州议会厅的墙上挂着1849年的淘金者的画像，那么，我们是不是也应该挂上几个国家大草原的纪念画？如今沿海的大草原——佛罗里达草原、得克萨斯草原，它们不是被油井、洋葱和柑橘园占领着，就是已经被钻头和推土机包围。这是最后的呼唤。

活着的人恐怕再没有机会看到五大湖区的原始松林、沿河平原的低洼树林，还有巨大的硬木林了。关于这些林地，现在仍有几块上千英亩的枫树和铁杉林存于世上。还有几个地方也是类似的情况，如阿巴拉契亚山脉的硬木林，南方的硬木林沼泽、柏树沼泽和阿迪朗达克的云杉林。在这些残存的林地中，可免于被未来的旅游者践踏的林地少之又少。

海岸荒野是萎缩最快的荒野。别墅和道路已经占据了东西两侧荒凉的海岸线。眼下的苏必利尔湖，是五大湖区野生海岸线的最后一块大的遗迹，每一片荒野都与历史紧密相关，目前也是更接近彻底消失的野地。

在落基山脉以东，仅有奎提科－苏必利尔国际公园正式作为荒野而被保留下来。这是一片面积非常大的水域，遍布众湖泊和河流，公园大部分在加拿大。但最近，它的完整性也受到了威胁——一个是大规模扩大垂钓度假范围，另一个是管辖权的争论。在边界水域末端的明尼苏达，应该全部都划归国家森林，还是部分划归州属森林？像这种权利纷争，最终都会以强权者胜利而收场。

在落基山脉附近分布着二十几处国家森林地带，每处面积从10万英亩到50万英亩不等，国家将这些森林收回国管，禁止一切开发利用。虽然没有明确划定具体的界限，但这个原则已经得到公众的认可。但地方政府为开辟新旅游线路，占了些地方。后来，为防患森林大火需要保留必要的道路，这些道路慢慢成了公众通行的高速公路，路边还建了民间护林保土队的野营地。另外，战争时期由于军事需要木材，也促进了许多道路的扩建。现在，许多山区为建造滑雪缆车而大兴土木，丝毫不顾及先前公众认可的那些原则。

控制食肉动物，也是对荒野最隐蔽的入侵方式之一。为了管理大型肉食猎物，狼和美洲豹先从荒野保护区中被清除掉了。然后，鹿群数量急剧增长，严重超出了牧场的承载能力。随后，猎人接受邀请来捕获过剩的猎物。但猎人又拒绝到小汽车无法通行的地方去狩猎，这样一来，就需要修建一条通往狩猎场的道路。因为诸多类似的理由，荒野保护区被分得四分五裂。

落基山脉幅员辽阔，从西南部波浪起伏的刺柏，到俄勒冈滚动绵延的森林，唯独缺少荒漠，或许是由于美学将“风景”的定义仅限于湖泊和松林。

空旷辽阔的加拿大，
从未被犁过的阿拉斯加，
在那不知名的河畔，
无姓之人沿河流浪，
在神秘的山谷死亡，
多么孤独啊，多么神秘！

这一系列具有代表性的地区，不能因为没有经济价值，就被忽略否认。当然，有人认为，设定一个细致周密的保护计划没有必要。但是，当你翻完近代所有的历史以后，你会发现，历史上即使最后有荒野地块被保存了下来，动物区系也没能保存下来。甚至此刻，林地的北美驯鹿、不同品种的山地野绵羊、纯种森林水牛、灰熊、淡水海豹和鲸鱼，也正在遭受着威胁。荒野若失去了动物，那还有什么用？最近组织起来的北极研究所，正积极地着手于北极的荒野工业化。

这是最后的呼唤，来自遥远的北极。

希望加拿大和阿拉斯加能够看到并把握住保护荒野的机会，不要去理睬那些短视的拓荒者的嘲笑。

户外休闲的荒野

多少个世纪以来，为生存而进行的对抗被视作经济行为。当不再为生存而对抗时，我们将对抗以运动和游戏的形式保留下来。

如今，人和野兽之间的身体对抗，以狩猎和捕鱼的形式而被保留下来。

首先，公共荒野地区因为拥有原始的蛮荒之地，使人类的生存技巧借休闲娱乐的方式延续下去。

现在，这些生存技巧在美国的每一处景区延续发展，乃至风行世界各地。狩猎、捕鱼和背包远足就是例子。

有两种生存技巧是美国所独有的：一种是乘独木舟旅

行，第二种是随驮马队旅行。但是，这两种旅行方式越来越少，因为现在印第安人有了小汽船，而登山者也有了福特汽车。当这些所谓机械化产品替换掉独木舟和马队时，对于我们这些希望到荒野找点儿乐子的人而言，就会有一种强烈的挫败感。但我们不能把独木舟放到摩托艇上，因为这看起来很愚蠢无聊。因此，最好还是待在家里。

荒野本身就是那些怀念独木舟、马队的人的庇护所，荒野也希望人类能保留原始的旅行方式。

我想，肯定某些人会来说三道四。但是我不会去争辩，要么你并不了解这种艺术，要么便是你太老迈了。

只有美国人去荒野狩猎和捕鱼。欧洲人只会在树林里野营、烹饪。他们的狩猎总像是在野炊，完全不像是在拓荒。

一些人诋毁荒野娱乐活动“不民主”。他们认为，与高尔夫球场或者旅游营地相比，供娱乐用的荒野的承载能力太有限。但户外休闲娱乐的价值是不能通过简单的大小来衡量的。另外，像高尔夫这种机械化的旅行是毫无乐趣可言的。

既然90%的森林和山区已经被机械化娱乐侵占了，出于民主或对少数人的尊重，我们也应该把剩余的10%留与荒野。

用作科研的荒野

生物体最重要的能力就是内部的自我更新的能力，我们称之为健康。

仅有两种生物体的自我更新机能受到了人类的庇护：一个是人类本身，受医学和公共卫生所庇护；一个是土地，被农业生产和资源保护所庇护。

一直以来，我们为保护土地健康所做的努力都不成功。但我们已知道，当一块土地丧失了肥力，洪水和旱灾都会使它生病。

我们能看出来气候变化的征兆，却很少把它与土地生病联系在一起。但也有些植物和动物在没有任何征兆的情况下，无缘无故地消失了。还有其他的一些现象，比如人们努力去控制害虫肆虐，但收效甚微。在缺乏合理解释的情况下，我们只能把一切原因都归结于土地生病了。

看来，我们对于土地是如何患病的又是如何治疗的还是知之甚少。因此，当土地丧失肥力时，我们能做的就是把更多的肥料洒在地里，或是改变或是减少土地上的动植物种类，从而忽略了野生动植物群构建土壤这个事实。人们最近发现，生长过本地野生豚草的土地，能长出品质优良的烟草作物。这种意想不到的关系链条，在自然界中可能普遍地存在着，我们却毫不知情。

当发现草原土拨鼠、地松鼠多到成灾时，我们用毒药消灭它们了事，却没有深入地考虑导致动物激增的原因。我们一直错误地以为，这些麻烦都是由动物自身导致的。但是，据最新的科学证据显示，啮齿类动物入侵是源于植物群落的衰败。但很少有人会依据这条线索深入研究下去。

很多林区现在一棵树只能制成一两根原木；而在以前，可以制造三四根原木，这是为什么？稍专业一些的林业工作者都知道原因不在树，而是土壤中的微小植物群系紊乱造成的。

许多保护主义措施只是做表面文章。防洪大坝跟洪水泛滥并没有必然联系，拦沙坝、梯田与土壤肥力减少也没有关系。建立动物避难所和孵化场，是为了增加猎物和鱼儿的供给，却不是动植物减少的原因。

这些证据都指向一个问题，就是土地的症状表现于某一方面，而病因却在另外的方面。我们现在施行的保护措施，不过是土地的局部镇痛剂而已。这固然是必要的，却谈不上已治愈。医治土地健康的科学现在还没有人研究。

想要研究土地健康这门科学，首先需要建立一份常规的基础数据资料；其次需要有一个长远规划，来证明它是如何像有机体一样维持自身健康的。

有两个可供参照的例子。第一个位于欧洲东北部，人类已经在那里居住生活了几个世纪，土地的生理机能依然很正常。我们应该去该地做深入研究。

另一个是荒野。古生物学提供的大量证据证明，荒野能够在无限长的时期内维持自身的平衡；物种损失很少，即便减少也不会灭绝；气候和流水制造土地的速度跟水土流失的速度一样快。因此，荒野作为土地健康的研究实验室所起到的作用远比我们想象的要重要。

我们不能在亚马孙河研究蒙大拿的土地机能，每一个生态组合区都需要在本地区用一块已使用的荒野和一块未使用的荒野做研究对比。但是，我们的动作太慢了，以至于来不及抢救荒野研究区域以外的地区。而那些失衡区域大多规模较小，想要保持它们的平衡就变得很困难。就算在国家公园，失衡面积也不过一百万英亩，不足以让我们将原有的肉食动物与人工饲养的动物隔离。因此，黄石国家公园失去狼群和美洲豹，导致驯鹿群毁坏了那里的植物区系，以冬季的牧场损毁得最为严重。由于疾病的传播，大灰熊和山地野绵羊的数量也在锐减。

虽然荒野地区都在面临局部失调问题，但只要给约翰·恩内斯特·韦弗几英亩的荒野地区，他就能找出草原植物比农业植物更有耐旱性的原因。韦弗发现，大草原的植物的根系在地下进行着“团队合作”，它们的根部深入到所有的土壤层次；而农业植物的根系都生长在同一个土层，时间一长，土地的肥力就消耗光了。这就是韦弗的研究报告中揭示的一个重要的农业经济学理论。

此外，多哥瑞迪克还发现，长在田野里的松树远远没有长在荒野中的树木高大粗壮。因为，荒野树木的根茎是沿着其他树的根茎扎到土壤的更深处的。

在很多情况下，我们不知道一块健康的荒地的标准是什么，除非我们用一块荒野与一块生病的荒地做比较。根据早期西南部旅行者的记载，最初的山区河流很清澈，我们却表示怀疑，认为那可能是碰巧遇到了好天气。但防治水土流失的工程师们一直没有得到可供对照的数据资料，直到在奇瓦瓦的马德雷山脉发现了清水河流。由于没有人在这里放牧，河岸的水边长满了莓苔，即便最糟糕的水质，也能看见水下的鳟鱼咬钩；而在亚利桑那和新墨西哥，类似的河流中只有条状的大卵石，既无苔藓又无土壤，更没有树木。通过建立一个国际性的实验站，保护和研究马德雷山脉的荒野，以此推进亚利桑那、新墨西哥两地边界地区生病土地的治疗，是一个值得考虑的事业。

不论是大片的还是小块的，总而言之，一切可用的荒野区域都有价值，都可作为研究土地科学的标准。休闲娱乐不是唯一用途，更不是它的首要用途。

野生动植物的荒野

我们已经目睹了大灰熊在国家公园里即将灭绝的生存状况，也不得不承认狼群已经绝迹的事实。然而，目前山地野绵羊的生存状况也很危险，羊群也在萎缩。

导致这种情况的原因有的很清楚，有的却并不清楚，与狼群的灭绝及活动范围太小有直接关系。许多动物物种很难在圈养的环境中繁衍兴旺。

将国家森林中更荒凉的区域划作濒危野生动物物种的保护地，是扩大野生动物群体活动区域的最可行的办法。但是，国家森林并没有这样做，导致大灰熊遭遇灭顶之灾。

1909年，在每一处山脉几乎都会有大灰熊出没，也不需要动植物管理部门。现如今，几乎“每一簇灌木丛后面”都能看到这样的机构，由于大量这类部门的进入，哺乳动物陆续向着加拿大边境撤退。据官方报道，美国国土上仅存的6000只大灰熊中，有5000只在阿拉斯加，另外只有5个州还有零星的几十只。不过，假如大灰熊能在加拿大和阿拉斯加幸存下来，倒也不错。把生长在阿拉斯加的大灰熊驱逐到那里，就是将快乐还给了天堂，我们永远也找不回来了。

拯救大灰熊，就需要一大片广阔区域，不能有道路或家畜。这样来说，买下分散的家畜牧场是可行的办法。虽然政府同意这样做，但是，自然资源保护部门推动这项政策的速度很慢。国家林业局已经在蒙大拿为大灰熊建立保护区，但我又听说，他们也在犹他州的山区做着相反的事情——发展绵羊产业。而事实上，后一片区域才是大灰熊在该州仅存的避难所。

永久的灰熊保护区和永久的荒野区域，无疑是同一个问题的两个名称。不管你热衷于灰熊保护区域还是荒野区域，你都要有保护主义的远见和对历史的展望。唯有那些对进化盛会十分了解、如在眼前的人，才可以估量这场戏剧的价值——荒野，或者它的杰出成就——大灰熊。但是，如果教育真正发挥了它的作用，届时，便会有更多的人理解古老西部所遗留的残骸对于新西部的意义和价值。尚未出世的年轻一代会和刘易斯[1]、克拉克[2]一起乘舟遨游密苏里河，或者同詹姆斯·卡彭·亚当斯一起攀登塞拉斯山，但不管是哪一代人，他们都会反过来问道："大灰熊哪儿去了？"如果我们回答，它们在自然资源保护主义者的疏忽之下灭绝了，这将是多么丧气。

1　刘易斯（1774—1809），美国探险家、军人和公共管理者。

2　克拉克（1770—1838），苏格兰裔美国探险家，美国革命战争形象乔治·罗杰斯·克拉克的弟弟。刘易斯与克拉克的远征发生于1804年至1806年间，是美国国内首次横越大陆西抵太平洋沿岸的往返考察活动。

谁来护卫荒野

荒野面积一旦减少就不能再生。我们现在通过人为干预，延缓荒野的流失，使其为休闲娱乐、科学或是野生动植物所用。但要创建新荒野是绝没有可能的。

尽管荒野已经没有多少了，但拯救荒野的计划却滞后于荒野减少的速度。1935年才成立的荒野协会，其目的就是“拯救美国残存的荒野”。

除非所有的保护机构通力合作，否则，光靠一个社会团体还不够。此外，建议所有有志于保护荒野的公民，密切关注全国荒地的动向，随时准备向社会发起呼吁。

在欧洲，荒野已经撤退到喀尔巴阡山和西伯利亚，每一位自然资源保护论者，都为此哀叹。在英国，尽管荒野的面积比其他国家都要少，但挽救荒野的运动却蓬勃地开展起来。

审视荒野文化价值的问题，在于我们是否谦卑地看待这个问题。那些目光短浅的现代人，夺去了土地的根基，却自以为做了一件功在千秋的伟绩。所有的历史都是人类连续不断地发展和反思累积而成的，不断从起点到终点，再回到起点，再开启另一段寻找永恒价值观的旅程。也只有那些充满智慧的人，才知道那些未开发过的荒野对人类事业进步的意义。

土地伦理

特洛伊战争[1]结束后，成为英雄的奥德修斯[2]返回家中，绞死了迎接他的十二个婢女，因为他怀疑她们在自己离家期间品行不端。

在当时，那些婢女是属于他的财产，就和现代人处置自己的财产一样，只要是你的私有财产，怎么处置，全凭主人乐意，并无对错之分。

在奥德修斯时代的希腊，并不缺少对错观念。在他的舰船重返家园之前，他的妻子在漫长岁月中保持的贞洁便是一种见证。那个时代的伦理范畴只涵盖夫妻血亲，并未延伸到奴婢。此后的3000年里，道德标准不断延伸至很多行为领域，与之前不同的是减少了一些与自身权利相关的行为而已。

1　特洛伊战争，是一场以阿伽门农、阿喀琉斯为首的希腊军队与以赫克托耳、帕里斯为首的特洛伊军队之间的十年攻城战，最终以特洛伊的失败告终。

2　奥德修斯，希腊神话传说中的人物，他是希腊西部伊塔卡岛之王，曾参加特洛伊战争。

伦理的演化历程

目前为止，只有哲学家参与研究的伦理学扩展，是一个生态进化的过程。对于伦理的演化顺序，可以站在生态学的角度描述，也可以站在哲学角度描述。从生态学的角度看，伦理是一种为生存而斗争的行为的限制；而从哲学角度来看，伦理反映了社会行为和反社会行为的差别。它们是对同一事物的两种不同定义方式。个人和团体相互依赖，并在相互合作的模式中共同发展，生态学家称之为共生。政治学和经济学是更高层级的共生，政治学和经济学中的最初的自由竞争机制，已经被具有伦理学的合作运行机制所取代了。

随着人口不断增长，新工具不断提高效率，增加了合作运行机制的复杂性。比如，古乳齿象时期[1]的棍子和石头可以定义为反社会行为，在现代却不能把子弹和广告牌定义为反社会行为。

摩西十诫[2]代表的最初的伦理观念是用来处理人与人之间的关系的；随后的伦理观念中，才增添了处理个人与社会

1 古乳齿象时期，大约为晚始新世至早渐新世。

2 摩西十诫，根据《圣经》记载，是上帝耶和华借由先知和首领摩西向以色列人颁布的十大首要律法，这大概是公元前1500年的事情。

之间的关系。个人逐渐融入社会，而后来的民主政治，则是将社会融入个人。

现在，人与土地关系的伦理还没有人研究，也没有伦理用来处理人与土地、动植物之间的关系。因此，土地仍好比奥德修斯的婢女一样，只是一种财产。经济在主导人与土地的关系，人只想享受特权，却躲避该承担的义务。

那么，伦理规范延伸到人类与环境中去，在生物进化上具有可行性，在生态发展上也具有必然性。在伦理顺序中，这是第三个步骤，前两个步骤已经完成。以西结和以赛亚[1]时代的思想家就曾预言，对土地的掠夺行为不仅不明智，而且十分错误。只不过，当时的社会并没有认同他们的预言。我且将目前的自然保护运动视作认同这种信仰的萌芽。

伦理是一种行为指导模式，它既新颖，又复杂，改变起来也很缓慢，以至于不能在短时间内被大众接受。动物的伦理是个体认知复杂情况下的指导模式，而人类伦理却是一种尚在发展中的群体指导模式。

1 以西结和以赛亚，均为以色列人的先知。

何谓群体

迄今为止，所有伦理的形成都有一个前提：个人是群体的组成部分且与之相互依赖。他的本能，促使他为了在群体中获取地位去竞争；而他的个人伦理观，又促使他跟群体中的其他成员合作，这合作的目的是创造对其自身更为有利的竞争环境。

土地伦理只是将群体概念扩展了，把土壤、水、植物、动物涵盖进去。我们可以把这些要素统称为土地。

听起来好像很令人费解。我们不是早已表达过对土地和家园的热爱和担当了吗？我们的确这样做过，但问题是，我们所爱的是什么？土壤，正被我们推入河流；水，它除了运输船只和冲走污秽之外，简直一无是处；植物，即便在我们眼前消失也没有感觉；动物，最大最美的物种早已被我们赶尽杀绝。土地伦理并不能阻止我们去改造，却能证实它们有在自然状态下继续生存的权利。

简单来说，土地伦理的目的是扭转“人类是万物的征服者”的观念，让我们认可人类是“土地—群体”的其中一位公民。这意味着对群体其他成员的尊重，也意味着对群体本身的尊重。

纵观人类历史，我们已经知道的所谓征服者，最后都是自掘坟墓，自食苦果。这是为什么呢？因为对征服者而言，隐含着这样一层含义：征服者即是权威，在群体生活中，唯有他才知道如何使群体运转下去，他来确定群体中哪些是有价值的，而哪些是没有价值的。可事实上，征服者对此一无所知，于是，他最终也败给了自己的权威。

在生物群落中也有类似的情况。亚伯拉罕知道土地能让他享用牛奶与蜜糖。但现在，教育程度越高的人越对生物群体没有信心。

普通民众认为，科学知道如何让群体运转，然而科学家却说，他们什么也不知道。生物运行机制具有复杂性，以至于他们对其运行机制永远也不可能理解。

历史生态学表明，人类仅仅是生物群体中的一员。迄今为止，许多历史事件都是靠人类的进取精神推动的；实际上，土地的特性决定了事件的发生，人类和土地之间的相互作用才是导致历史事件发生的主要原因。它的特性也决定了在上面居住的人类的特性。

我们以密西西比河峡谷地区的居民为例。在独立战争后，有三个群体争夺着那里的控制权：当地的印第安人、法国和英国的贸易商以及美国的拓荒者。历史学家们都想知道，假设当初在底特律的英国人支持印第安人，就会直接决定殖民地居民向肯塔基的野藤条地迁移的结果。如今，那些野藤条地被拓荒者征服后，改变成了蓝草地。假设这些土地上的植物被莎草、灌木丛或者是杂草替代，那布恩和肯顿会坚持下来吗？那些移民会涌向俄亥俄、印第安纳、伊利诺伊和密苏里吗？美国购买路易斯安那[1]的交易还会发生吗？还会有横贯新大陆的国家联盟吗？还会发生美国内战吗？

肯塔基只是美国历史戏剧中的一小部分。通常我们会被告知在这个戏剧中，人类演员要做些什么，但演出的成功与否，很大程度上取决于各自所占有的土地。在肯塔基的案例中，我们甚至不知道蓝草是本地的物种，还是来自欧洲的偷渡者。

西南部地区与野藤条地区形成了鲜明的对比，拓荒者占据西南部后，越来越多灌木丛和野草占据了这里，这个地区回到了一种不稳定的状态。植物种类衰减了，人类就侵占土地，而这会导致植物种类的进一步衰减。于是，今天不单植

1　1803年，美国从法国手里购买路易斯安那，使美国的领土扩大到墨西哥湾。

物和土壤，就连在那里生存的动物群落也开始退化了。早期的拓荒者并没有预料到这个问题。在新墨西哥，有些人在沼泽地挖壕沟来加速这种恶化。但当地居住者很少意识到是他们导致的退化，旅行者更是视而不见。对于旅行者，被毁坏的景色依然是丰富多彩的，而事实上，当地的景色与1848年相比已逊色太多。

这里的景观并不是第一次被“开发”，却有不同的结果。在哥伦布发现美洲大陆以前，普韦布洛的印第安人曾定居在西南部，他们是不养殖家畜的部族。虽然他们的文明灭绝了，但土地并没有恶化。

在印度，人们是在不毛之地定居的，他们让牛在地上找草吃，并没有大力开发土地。这让我怀疑，他们是故意这样做，还是碰巧而已？总而言之，植物的衰亡和兴盛左右着历史的进程，并且真实地表现在土地之上。这些能让我们从历史教训中得到反思吗？如果能够让“土地—群体”的观念深入人类的认知，我想是可以的。

生态良知

保护自然资源，是为了人类与土地之间实现和谐发展。近一个世纪，人类不停地这样宣传，进展却非常缓慢，保护自然资源依然停留于纸面和辩论上。

加强自然资源保护教育，也许是走出这种困境的办法。但是我们确定我们仅仅需要增加教育吗？在教育的内容方面，我们是不是缺失了什么呢？

简明扼要地概括教育的内容，确实不是一件容易的事情。但是，根据我的理解，它应该是：遵守法律，行使投票权，参加一些专业化组织，并在自己的土地上去做有益于自然资源保护的事情。除此以外的工作，应交给政府去做。

是不是概括得太简单，没有提出实现任何有价值的目标？这里没有区分对与错，不是义务，也不需要牺牲，也就是说，你的利益没有发生任何改变。就土地使用而言，我们倡导的是开明的利己主义。这样的教育会带给我们什么呢？通过这个例子，我们可能会找到部分答案。

在1930年，除了一些忽视生态的人之外，所有的人都知道：威斯康星西南部的地表土壤正在向大海流失。1933年，农民们被告知，如果他们连续5年对自家土地采取补救措施，那么民间护林保土队会给予他们帮助并提供必要的物资。这个提议被广泛地接受并执行，但5年过后，除了那些能产生经济效益的措施继续实施下去，大部分补救措施都停止了。

这次失败却产生了另一个想法：让农民们自己制定规则，那他们会更积极地实施。于是，1937年威斯康星的立法机构通过了土壤保护区法令，实际上是在告知农民：

> 您可以自主制订土地规则，政府提供免费的技术服务，并为您所需的机械提供专门的贷款。每个县自行制订的土地利用规则，皆具备相应的法律效力。

几乎所有县都响应了这条法令，并接受了政府的帮助，但整整十年过去了，却没有一个县制定出属于自己的规则。在法令推行的过程中，有些方面取得了进步，比如条带耕种、牧场更新和撒播石灰改良土壤方面。但人们依然无序放牧，也从不将耕牛和犁头赶出坡地。从以上可看出，农民们只选择对个体有利的补救措施，不会考虑群体利益。

有人会说，可以再制订相关规则。但政府的回答是：还是需要先教育公众了解这些规则的目的吧。但实际上，在教育过程中，除了利己主义思想外，并未提及对土地的义务。于是：我们接受的教育越多，拥有的土壤和森林就越少，像1937年那样的洪灾依然频繁出现。[1]

令人困惑的地方在于，人们理解的利己主义之外的义务，是为社区捐建道路、学校、教堂，以及赞助棒球队这一类事情，但是，在改善水土或是保留农场动植物多样性方面，却认为不是自己的义务。土地使用的伦理，仍然完全受制于经济上的利己主义，跟一个世纪以前的社会伦理没有两样。

总之，我们希望农民为挽救土地做一些力所能及的贡献，而他们回应说只能做这么多了。一位农民砍倒了山坡上大部分的林地，给牛群腾出放牧空间，却任由雨水将石块和土壤带进当地的小溪，但他仍然能获得同乡的尊重。如果他在农田里撒播石灰，采用等高线种植法，那么，他仍然可以得到保护区中的特权和薪酬。因为我们过于保守，只考虑以利益驱使他们，而没有告诉农民们真正的义务是什么。没有良知的义务毫无意义，而我们所面临的问题，就是将社会良

1 1937年1月，密西西比河和俄亥俄河历史上最严重的水灾使将近100万人无家可归，数百人死亡。

知推广到土地保护上。

伦理学没有进步，就是因为我们在思想上，在信念上，没有从内在发生改变。实践证明，自然资源保护之所以没有将伦理学作为基础，是因为我们在哲学和信念中不承认它的存在。我们试图让自然资源保护变得简单，结果却无功而返。

土地伦理的托词

当历史需要面包时，我们却递给它一块石头，还说石头和面包长得差不多。下面，我描述的就是那些取代了土地伦理的石头。

将资源保护系统搭建于经济动机基础之上，有一个缺点：土地共同体中的大部分成员都是没有经济价值的。野花和黄莺就是例子。威斯康星的22000种高等动植物中，只有5%的动植物可以用来出售、食用，或做其他经济用途，不过，植物的整体性维护着生物群落的稳定，没有经济用途的生物也是群落的一员，它们是有权利存在下去的。

当某一种没有经济价值的植物濒临灭绝时，我们就会虚构一些理由，说明它对经济的重要贡献。

20世纪之初，黄莺即将灭绝。鸟类学家们为了保护这个物种，不得不对公众说，如果昆虫不能得到有效控制，那么，昆虫会把农庄毁掉，而黄莺具有的经济意义就是可以大量消灭昆虫。

今天，读到这些牵强的借口还是觉得很痛苦。虽然土地伦理还没有为人所理解，但我们逐渐接受这样的观点：鸟儿有继续存在的权利，无论它们是否有经济上的价值。

肉食动物、猛禽类和食鱼鸟类也有类似的问题。很长一段时间里，生物学家们不断强调说：这些生物为农民控制了啮齿动物，保护了农作物。这再一次证明，必须提出具有经济价值的证据才能有效。最近的几年，我们才听到了比较诚实的论点：肉食动物是群落中的成员，不能用任何理由损害它们的生存权，不论是否影响经济。不幸的是，这种观点仍然停留在纸上。捕杀肉食动物的行为还在大肆进行；而国会法令、自然资源保护部门和许多州立法机关却还在沉默，眼看着灰狼被赶尽杀绝。

有些树种成材缓慢，不能迅速地带来经济效益，林业工作者出于经济利益考虑，希望把它们从森林中赶出去：白杉木、北美落叶松、柏树、山毛榉和铁杉木都是这种情况。在欧洲，林业生态学是比较先进的，他们承认非营利性树种的合法性，将它们保护了起来。人们还发现山毛榉对土壤肥力的增强有突出的贡献。欧洲人普遍认为，森林与树种之间是相互依存的关系，地表植物与动物群之间同样存在相互依存的关系。

缺乏生态价值，是生物物种和动物群落的普遍特点，甚至是整个生物群落的特点。沼泽地、泥淖、沙丘和“沙漠”都存在这样的特点。我们的建议是把它们作为避难所、遗迹或者园林，由政府出面进行保护。但这些群落散布在一些具有较高价值的私人土地，政府没有权利征收。因为不能付诸行动，这些群落仍在大面积地消失。如果私人所有者具有生态学意识的话，他就会主动承担起责任来，他的农场和社区也会更多姿多彩。

在有些情况下，这些“无用之地”绝不缺乏经济价值，而人们意识到这点时，大部分土地已经被毁掉了。现在人们抢着往麝鼠沼泽地里注水，就是最好的例子。

在美国，自然资源保护出现一个明显的趋势：凡是私人土地所有者没有能力做到位的事情，由政府统一管理。如今，森林草原管理、土地和流域管理、公园和荒野保护、渔业和候鸟管理等领域，都由政府管理运营，政府补助金在这些领域广泛地使用。目前来看，这些政府措施都是适当、有效的，我本人为此也投入了大半生的精力。不过，我们还是要提出这样的问题：这项事业的最终目的是什么？目前的税款能否维持各方面的正常运转？政府的自然资源保护工作，会不会因为铺的面太大而导致机构臃肿呢？我想最好的答案就是，让土地伦理深入每一个私人土地所有者心中，让他们自觉地承担更多的责任。

林场主和畜牧业者，这些工业社会中的土地所有者和使用者，他们指责政府不该扩大土地所有权和管理权，但又不愿采用政府倡议的自发保护森林和土地资源措施。

很明显，私有土地所有者反对政府要求他们去做对群体有益但对自己无利的事情。不过，如果做这些事情让他们损失钞票，倒也可以理解，但这类工作仅需要把眼光放得长远些就行，他们依然满腹牢骚，就很值得争论了。

近几年，政府为自然资源保护教育设立了国土局、农学院和扩展的服务机构，并大幅增长了土地利用补贴，但在土地伦理教育方面却乏善可陈。

总之，以经济利己主义为前提，自然资源保护体系是不会长久的，也难以做到平衡。缺乏商业价值的政策迟早要被这个体系忽略掉，虽然它们是健康的运行机制必不可少的组成部分。这个体系假定，一切具有经济价值的部件，在不能转换成经济效益的情况下仍能继续运行，而我认为个体会将这类复杂且琐碎的事情甩给政府，政府也会力不胜任。

这个问题的补救措施就是，私有土地所有者能够自觉自愿地分负起一部分土地伦理义务。

土地金字塔

用于补救和指导土地经济关系的伦理观，首先需要理清人与土地的关系，并将其上升为一种生物机制。只有当我们能察觉、感知、理解、喜爱或者信赖某件事物时，我们才能建立伦理道德观。

自然资源保护教育经常普及“自然生态平衡”的观念，但观点却过于难懂，导致推广起来收效甚微。生态学上，有一个观点叫“生物金字塔”。首先，我将简要地介绍一下这个观点，随后再阐明它在土地利用方面给我们的启发。

植物吸收阳光中的能量，能量在植物区系的环路里循环流动。我们可以把植物区系想象成一个多层的金字塔，最底层是土壤，上面是植物层，植物层依赖土壤，植物层上是昆虫层，昆虫层上是鸟类和啮齿动物，以上还有各种动物群体层，最终到由大型肉食动物构成的金字塔的最顶层。

每个层次上的物种具有相似性，当然，并不是说它们长得相似，而是它们所吃的食物相似。上面的层的食物和其他服务，下一层负责提供；反过来，上一层为下一层提供水和其他服务。每向上一层，物种的数量便会大量地减少。因此，最高层的肉食动物就有足够的猎物供其捕食，而它的猎物把下一层的动物作为捕食对象，到了昆虫层，数以百万计的昆虫可以去食用不计其数的植物。这种金字塔式的生态体系，展现了从最顶端到最底层之间的层级数量。人类与熊、浣熊、松鼠一样，属于杂食性动物，共享中间层。

这条生物之间相互依赖、共存的线路，被称为食物链。只是，原本由“土壤—橡树—鹿—印第安人”组成的食物链，现在已经被“土壤—玉米—牛—农民”这一条所取代。每一个物种，包括人类，都只是众多食物链条中的一环。鹿除了吃橡树，也吃其他的植物；牛除了吃玉米，也吃其他的植物。所以，各条食物链是紧密联系的关系。食物链看起来极复杂，却始终保持稳定，因为它具有高度组织化的结构。它的稳定来自各个部分的相互合作与竞争。

最初，生命的金字塔上存在的食物链又短又简单。随着物种的进化，金字塔的层级不断增加，食物链环不断延伸。进化使生物区系变得更加复杂和多样，人类就是生命金字塔中无数种物种中的一员。

因此，土地是土壤、植物以及动物组成的食物链环的能量源泉。食物链是引导能量向上运动的通道，而生物在死亡和腐烂后向下重新回归土壤。能量不断在线路中循环，有些能量腐烂后，补充到空气中；有些藏在土壤、泥炭和生命周期较长的森林中。这个环路就像一支生命周转基金，有些能量被损耗掉，又有别的能量补充进来。岩石被海水冲刷，它的能量沉积在海底，经历过若干个地质时期后，将重新形成新的大陆和金字塔。

能量向上流动的速度与植物和动物群落的复杂结构相关，就像树液的流动和树干上细胞组织的复杂结构有关。土地的复杂结构是以土地为能量中心，为各种依赖关系提供顺畅运行的保障，这就是土地的基本属性。

当线路的某一部分发生变化，其他部分也要相应调整以适应变化。进化本身就在不断地变化，最终的目的，就是通过能量流动机制延长它的线路。进化是一个缓慢的变化过程，相比之下，人类不断发明的工具，却大大加速了变化的速度。

动植物群落的结构发生了一个变化。顶端的大型肉食动物被砍掉了，食物链第一次变短了。驯养的物种正逐步取代野生物种，野生物种被迫转移栖息地。从世界范围来看，动物和植物区系的联合阵营中，有些物种在别的栖息地变成了有害生物，导致原生物种灭绝。这种结果在这个结构中是难以预知、难以捉摸的。在农业科学的发展过程中，人们不断运用新技术与入侵物种进行较量。

另一个变化，出现在动植物间的能量流动及能量回归的方式上。肥力是土壤接受、储存和释放能量的能力。农业以过度透支土壤肥力的方式，或以驯养物种取代本地物种的方式，打乱了能量流动通道，耗尽了能量储存。当土壤耗尽肥力，失去固定它们的有机物质时，很快会加速水土流失。

水是能量线路的一部分。工业化通过排污系统和水坝拦截的方式，将维持能量循环所需的动植物也清除了。

交通业的发展，很容易地将一个地方的动植物带到了另一个地方，回归到了一个新地方的土壤中。人们汲取岩石和空气中的能量，将其运输到其他地方。我们用的氮肥就是从鸟的粪便中得来的，而鸟却在赤道另一端捕食。因此，以前那种小范围的、相对独立的线路，已经链接到世界范围的联合阵营。

由于人类的介入，金字塔的能量循环发生了改变。在拓荒年代，这种改变会使所有动植物呈现出一种生机勃勃的假象。这些假象会掩盖或者延缓一些由于人类介入所带来的惩罚。

我将土地作为能量循环线路的中心，有三个基本观点：其一，土地不仅仅是土壤；其二，当地的动植物能够保持能量线路的正常运转，外来的动植物也许会改变这种运转；其三，与进化相比，人类所带来的改变产生的影响，远远超乎我们的想象。

基于以上观点，我们提出两个根本问题：面对新秩序，土地能否自我适应？人类能否在改变中使用较为和缓的行为？

对于改变时的过激行为，生物群系的忍受能力是不同的。比如在西欧，同样有一些大型动物消失了，森林、沼泽变成了耕地，新的植物和动物被人为引进，有些变成了害虫，导致当地动植物在数量和分布上发生了巨大的改变。然而只要土壤还是肥沃的，河水就能正常地奔流，新的结构仍在有序运行着，循环线路中并未表现出故障或紊乱。

可见，西欧的生物区系具有很强的抵抗力，内在运行自身具有抵抗力。不管变化有多么剧烈，西欧的金字塔总能发展出新的应对方式，为人类和大多数的本土生物提供安全的居所。

另外，日本也经历了激烈的改变，却没有出现混乱状况。

其他大多数区域，都在生态改变中经历了程度不同的混乱。在小亚细亚和北非地区，我们判断是因为当地气候变化引发了混乱状态，而气候变化，会进一步引发其他损耗。在美国，不同地区的混乱程度也不一样，西南部地区最为混乱，其次是奥沙克及其南部，新英格兰和西北地区情形好一些。而一些比较落后的地区，由于没有过度开发土地，反而没有出现混乱。在墨西哥的部分地区、南美洲和澳大利亚，一场激烈的土地损耗正在进行中，我还无法判断最终的结果。

全球范围内的土地利用混乱局面，就像一只染了病的动物，好在这种混乱并没有完全达到死亡的地步。但就算土地得以恢复，层级中的生物数量也会降低，土地的承载能力也因此降低。当前许多生物区系，看起来欣欣向荣，实际上当地农业过于发达，土地肥力已经超过了可持续的承载能力。从这个意义上来说，美国南部的大部分地区，人口太过于稠密了。

在干旱地区，我们通过再利用的技术手段补充土地损耗，但发现这种技术手段不能获得长期的成功。在西部地区，就连最好的再利用工程也不会持续一个世纪。

历史学和生态学的证据，都指向一个结论：人工干预得越少，金字塔在重新调整过程中获得成功的概率就越大。而且，人工干预的程度与人口密度相关，人口越多的地方通常需要越为激烈的干预。如果北美洲能够控制人口密度，那么，它的金字塔将更稳固持久。

这个结论与我们现有的哲学信条相矛盾，哲学认为随着人口密度加大，人类的生活会变得更丰富；那么，假若人口密度无限增长，人类生活难道会无限丰富？生态学却认为，任何一种环境都无法适应无限增长的人口密度，通过人口密度增长获得不了长久的收益。

我们不可能完全了解人与土地之间的全部关系。最近，人们在研究矿物质和维生素营养学中发现，有种极其微量的物质决定了土壤对于植物的价值，从而也决定了植物对于动物的价值。那么它对向下的循环过程又意味着什么？对那些消失的、被视为美学上的奢侈的物种又意味着什么？它们为土壤形成提供过什么帮助，对土壤的维持又有哪些特别的重要意义？韦弗教授提议，我们应该让草原的野花去拯救那些因风沙而荒芜的土壤。谁又能知道，我们不会将鹤儿、秃鹫、水獭和灰熊利用起来？

土地健康和A、B争论

土地伦理反映出了生态良知，生态良知则反映出人类为了土地健康所负的责任。土地有自我修复的能力，而自然资源保护是我们为保护这种能力所付出的努力。

自然资源保护主义者之间存在分歧而被大众所知。从表面上看，这些分歧会导致混乱，然而我们观察发现，实际上在众多专业领域里普遍存在某种分歧。专业领域中的A组认为，土地就是土壤，它的主要功用就是生产产品；而B组则认为，土地是一个生物区系，它的功用很广泛，但是究竟广泛到何种程度，现在还没人完全了解。

以我自己所在的领域——林业为例，A组认为，种树和种卷心菜一样，他们觉得没有必要抑制那些过激的行为，他们还是站在了农业经济的立场那边；B组则认为，林业和农业经济有着根本不同，林业一边在维系自然物种，一边也在管理着自然环境，而不能再造一个环境。相比较下，B组更崇尚于按照自然规律生产。他们从生物群系和经济学角度，为栗树物种的消失以及濒危的白洋松而感到担忧。同时，他们也提出对目前一系列次生林的功能运转担心：野生动植物、户外休闲娱乐、水域和荒野地区。我从B组体会到一种生态良知意识。

对于野生动物也有两种不同看法。对于A组来说，肉类是以其产量作为衡量标准的，标准就是所捕获的野鸡和鳟鱼的数字的多少。如果单位成本允许，人工繁殖是可以依赖的手段。另一方面，B组则更担心整体生物群系中可能出现的问题：人工抚育的猎物会对原生肉食动物产生怎样的影响？我们如何管理外来动物？如何恢复日益衰减的动物，譬如濒临灭绝的草原松鸡？如何拯救稀有的黑嘴天鹅和高鸣鹤？这些管理原则，是否可以复制到生物管理上？和林业领域存在的分歧一样，在动物学界，同样有A、B两种分歧。

我必须承认我的农业生产领域知识匮乏，但这个领域同样存在分歧。在生态学诞生之前，科学农业发展速度很快，因此，生态学概念要进入农业领域需要一个渗透的过程。此外，农民们比护林员和野生动物管理者更了解大自然，他们会更彻底地去改造生物区系。不过，即便现代农业正在进行“生态耕作”，但仍有很多不尽如人意的地方可以改善。

生态耕作中最重要的地方是：现代农业不以产量作为衡量农作物价值的唯一标准，而参考土壤肥力对于农产品在质量和数量上的附加值。我们可以使用进口肥料，以提高贫瘠土地农作物的产量，却不会增加附加值。这个观点有可能还有人提出质疑，我还是让更专业的人去研究分析吧。

那些主张“有机农业”的不满者，虽然带偏激的情绪，但他们毕竟倾向于相信生态学。特别是他们赞同土地和动植物群系的重要性。

农业生态学的基本原理很少被公众所熟知，即便是受过良好教育的人也几乎完全不了解。最近几十年来的技术进步，不仅体现在改进水泵上，也不时体现在改进水井上。这种技术进步意味着向土地更多地索取，直接导致土壤肥力下降。

在以上几个有分歧的意见领域中，我们看到的基本上是同一种分歧：作为征服者的人类与作为生物群体一员的人类之间的对抗；作为工具发明者的科学与作为未来引路者的科学之间的对抗；作为奉献者的土地与作为有机体集合的土地之间的对抗。在这个时候，罗宾逊对崔斯特瑞姆的忠告[1]，这个告诫对于我们仍有思考价值：

---

1 罗宾逊，即埃德温·阿林顿·罗宾逊（1869—1935），新英格兰人，曾三次获得普利策文学奖，《崔斯特瑞姆》便是他第三次获得该奖时的作品。崔斯特瑞姆，中古传说中的人物，亚瑟王的圆桌骑士之一，他爱慕马克王的未婚妻绮瑟，因而成为很多浪漫故事的题材。

不论你想或是不想，

你都是一个国王，崔斯特瑞姆，尽管你已离开了世界，

但因为你是经受住了考验的少数人，

当他们都走了，这里就不再一样，

他们会在你所留下的东西做上标记。

结论

我觉得，如果人们不热爱土地，不去尊重和赞美它，或者它的价值没有得到重视，这样的土地伦理关系将难以维系。当然，我所说的价值，绝不单是其经济价值，更在于它更深层次的价值。这种价值，就是我们常说的哲学意义上的价值。

土地伦理发展中遇到的最严重的障碍，就是我们的教育体制和经济体制，它们没有积极引导人类具备强烈的土地发展意识。那些数不清的新的生产工具，将现代的人类跟土地对立起来。人类与土地之间再不是唇齿相依的依赖关系，对于人类而言，土地就是城市之间的长着庄稼的那块地方。他们甚至不愿去那里待一天，他们认为高尔夫球场更好玩。倘若溶液培养能够比传统耕作获得更多的农业产品，他们一定会选择前者。对他们而言，人工合成的替代品，比木材、皮革、羊毛和其他天然土地产品这类原始产品要好得多。总之，他们觉得土地早就已经是“过时”的经济了。

还有一种严重的障碍，从土地伦理的角度看，农场主将土地视作对手，或者将土地视为奴隶。理论上来讲，农业机械化可以减轻农民负担，但实际上，这一点是否正确还存在着争议。

如果要理解土地生态学，就必须了解生态学，这些年，生态学并没有和“教育”共同发展，事实上，有些高等教育甚至刻意地回避生态学观念。生态学知识的汲取，并非只能从有生态学标签的课程中获取，你完全可以从地理学、植物学、农业经济学、历史学或者经济学课程中获得它们。从当今的教育上看，无论学习哪种课程，我们目前所接受的生态学知识还远远不够。

如果不是少数人勇敢地站出来表达对“现代”潮流的反感，推动土地伦理的普及几乎是不可能的。

想要推进土地伦理发展，最关键的一步就在于：绝不要再将土地利用问题仅仅看作一个经济问题。我们不光要从经济学角度审视问题，同时，也要从伦理和审美学的角度去看待它。如果是为了保护生物群落的完整性、稳定性和美感，那么我们就认为它是正确的；否则，它就是错误的。

我们毫不怀疑的是，我们为土地做的一切，都必然会受到经济条件的牵制。不管是过去，还是在未来，这种制约机制一直存在。经济决定论的错误观点已经根深蒂固，经济左右土地的使用方式。我们现在需要纠正这种观点。大部分的土地关系、土地使用的方式和态度，都是土地使用者的偏好和态度来决定的，而不是取决于他们的财力。绝大多数的土地关系跟投资时机、深谋远虑、技能和信仰有直接关系，而不是取决于现金。土地该如何正确使用，可以反映出农场主是不是一个有思想的土地使用者。

我有意将土地伦理视作一种社会推动力，是因为没有什么事情会像伦理这般重要，却又出于自动自觉。肤浅的历史系学生会认为，伦理就是摩西所记下的“十诫”。“摩西十诫”取自群体的共同思想，而摩西不过作为这场“研讨会”的书记员，暂时性地做出总结而已。之所以说“暂时”，是因为发展无时无刻不在继续。

土地伦理演进的过程，同时具备知性和感性演进。出于良好意愿所希望的自然资源保护主义，已被证明是无用的，甚至是危险的，因为它缺乏对土地及其经济性的批判理解。在我看来，当伦理的边界从个体扩展到社会时，它的知识内容也要随之增加。

无论何种伦理，运行机制都是相同的，都包括社会对正确行为的认同，和对错误行为的反对。

总的来说，我们今天所面临的问题，主要是态度和工具的问题。我们正在用蒸汽挖掘机改变着阿尔罕布拉，我们对我们的创造力引以为傲，我们很难放弃机械的帮助，它的生产力是其他工具的几十倍。然而，我们也应该用更温和的手段和更客观的标准，对它的功过做出评价。

附录：专有名词对照表

动物

Skunk 臭鼬

Chickadee 无冠山雀

Muskrat 麝鼠

Meadow mouse 田鼠

Rough-legged hawk 毛脚鹰

Kingfisher 翠鸟

Rabbit 兔子

Buck 雄鹿

Pheasant 雉鸡

Sawfly 锯蝇

Cougar 美洲狮

Lynx 猞猁

Goshawk 苍鹰

Grouse 松鸡

Passenger pigeon 旅鸽

Bluebird 蓝色知更鸟

Chinch bug 麦虱

Carp 鲤鱼

Goose 大雁

Cardinal 红雀

Chipmunk 花鼠

Cottontail 棉尾兔

Coot 白冠鸡

Redwing 红翼鸫

Rail 秧鸡

Ruffed grouse 披肩鸡

June beetle 六月鳃角金龟

Woodcock 丘鹬

Nighthawk 夜鹰

Meadowlark 草地鹨

Upland plover 高原鹬

Snipe 沙锥鸟

Trout 鳟鱼

Chub 白鲑

Whitethroat 白喉莺

Field sparrow 原野春雀

Robin 知更鸟

Oriole 黄鹂

Indigo bunting 靛蓝海鸥

Wren 鹪鹩

Coon 浣熊

Mink 水貂

Heron 苍鹭

Wood duck 林鸳鸯

Junco 灯芯草雀

Homed owl 穴鸮

Mallard 绿头鸭

Widgeon 赤颈鸭

Bluebill 蓝嘴鸭

Partridge 鹧鸪

Jacksnipe 姬鹬

Marsh hawk 白尾鹞

Gull 海鸥

Wasp 胡蜂

Oyster 榆蛎蚧

Woodpecker 啄木鸟

Prothonotary warbler 蓝翅黄森莺

Weevil 象鼻虫

Sparrow hawk 食雀鹰

Nuthatch 五子雀

Tree sparrow 树雀

Gyrfalcon 矛隼

Mare 牝马

Beaver 河狸

Mammoth 猛犸象

Muskellunge 大梭鱼

Bass 鲈鱼

Sturgeon 鲟鱼

Merganser 秋沙鸭

Nutcracker 星鸦

Tassel-eared squirrel 缨松鼠

Coyote 郊狼

Blue jay 冠蓝鸦

Whisky-jack 灰噪鸦

Thick-billed Parrot 厚嘴鹦鹉

Gambel's quail 黑腹翎鹑

Cormorant 鸬鹚

Mullet 胭脂鱼

Avocet 反嘴鹬

Willet 北美鹬

Yellowlegs 黄足鹬

Teal 短颈野鸭

Beetle 龙虱

Burro deer 黑尾鹿

Buzzard 美洲鹫

Sandhill Grane 沙丘鹤

Starling 欧椋鸟

Pelican 鹈鹕

Duck hawk 游隼

Western grebe 北美䴙䴘

Minnow 米诺鱼

Tern 燕鸥

Song sparrow 北美歌雀

Caribou 北美驯鹿

Prairie dog 土拨鼠

Ground squirrel 地松鼠

Trumpeter swan 黑嘴天鹅

Whooping crane 高鸣鹤

植物

Oak seedling 橡树苗

Cone-flower 雏菊

Prairie clovers 草原苜蓿

Elm 榆树

Pasque 白头翁

Draba 葶苈

Bur Oak 大果橡

Hickory 山核桃树

Alder 桤木

Jewel-weed 凤仙花

Nettle 荨麻

Jack pine 短叶松

Milkweed 马利筋

Spiderwort 鸭跖草

Alfalfa blooms 紫花苜蓿

Veronica 婆婆纳草

Wild lettuce 野莴苣

Spruce 云杉

Geranium 天竺葵

Compass plant 磁石草

Shooting-star 折瓣花

Aster 紫菀

Mimulus 沟酸浆

Dragon-head 全叶青兰

Sagittaria 慈姑花

Cardinal flower 红花半边莲

Tamarack 美洲落叶松

Dogwood 山茱萸

Bramble 树莓

Blackberry 覆盆子

Sedge 莎草

White pine 白洋松

Red birch 红桦

Arbutus 野草莓树

Indian pipe 印第安纳水晶兰

Pyrola 鹿蹄草

Twin flower 北极花

Orchid 兰花

Cottonwood 三叶杨

Wahoo 卫矛

Prickly ash 美洲花椒

Hazel 榛树

Bittersweet 白英

Ivy vine 毒葛藤

Hawthorn 山楂树

Basswood 椴树

Ragweed 豚草

Maple 枫树

Oak gall 橡树瘿

Bud scale 芽鳞

Nightshade 龙葵

Fig 无花果

Flowering spurge 花大戟

Sweet fern 香蕨木

Leatherleaf 羽叶

Cranberry 蔓越莓

Buckwheat 荞麦

Lupine 羽扇豆

Sandwort 鹅不食

Begonia 秋海棠

Linaria 柳穿鱼草

Bluestem 须芒草

Grama grass 格兰马草

Sporobolus 鼠尾粟草

Bush clover 胡枝子

Lead-plant 灰毛紫穗槐

Baptisia 野靛草

Peonies 牡丹花

Sugar maple 糖枫树

Hemlock 铁杉木

Dog fennel 毛叶泽兰

Sowthistle 苦苣菜

Cedar 雪松

Frijole 菜豆

Juniper 刺柏

Mesquite 牧豆树

Tomillo 山芝麻

Bunchgrass 丛生禾草

Sagebrush 山艾树

Bitterbrush 蔷薇草

Sago 西米椰子

Beech 山毛榉

Yew 紫杉木

Mountain mahogany 山桃花心木

Cliff rose 海石竹

人名

John Muir 约翰·缪尔

Jonathan Carver 乔纳森·卡夫

Bill Feeney 比尔·菲尼

Noah 诺亚

Frederick 弗雷德里克

Kublai Khan 忽必烈

Marco Polo 马可·波罗

Bengt Berg 本特·贝里

Darwin 达尔文

Vannevar Bush 万尼瓦尔·布什

Du Pont 杜邦

Paul Bunyan 保罗·班扬

George Rogers Clark 乔治·罗杰兹·克拉克

Hernando de Alarcon 埃尔南多·德·阿拉孔

Kipling 吉卜林

Alexander Pattie 亚历山大·帕蒂

Peter Kalm 彼得·卡尔姆

Daniel Boone 丹尼尔·布恩

Theodore Roosevelt 西奥多·罗斯福

Stewart Edward White 斯图亚特·爱德华·怀特

Margaret Morse Nice 玛格丽特·莫尔斯·尼斯

Charles L. Bromley 查尔斯·L. 布罗姆利

Norman 诺尔曼

Stuart Criddle 斯图亚特·克里德尔

Elliott S. Barker 艾略特·S. 巴克

Xenophon 色诺芬

Errington 埃林顿

Cabeza de Vaca 卡韦萨·德·巴卡

John Ernest weaver 约翰·恩内斯特·韦弗

Togrediak 多哥瑞迪克

James Capen Adams 詹姆斯·卡彭·亚当斯

Odysseus 奥德修斯

Ezekiel 以西结

Isaiah 以赛亚

Abraham 亚伯拉罕

Kenton 肯顿

Robinson 罗宾逊

Tristram 崔斯特瑞姆

地名

Wisconsin 威斯康星

Great Lakes 五大湖

Wisconsin River 威斯康星河

Nile 尼罗河

Labrador 拉布拉多

Hudson Bay 哈得孙湾

Baffin Island 巴芬岛

Lake Superior 苏必利尔湖

Blue Mound 布卢芒德

Marquette County 马凯特县

Pampas 潘帕斯草原

Adams County 亚当斯县

Baraboo Hills 巴拉布山

Minnesota 明尼苏达

Escudilla 埃斯库迪拉山

Blue River 蓝河峡谷

Whisky-jack 马德雷山脉

Amritsar 阿姆利则

Sierra 雪乐山

Idaho 爱达荷

California 加利福尼亚

Manitoba 曼尼托巴

Clandeboye 克兰德博耶

Lake Agassiz 阿加西斯湖

Athabasca 亚大巴斯卡河

Pennsylvania 宾夕法尼亚

Kaibab 凯巴布高原

Appalachian 阿巴拉契亚山脉

Adirondack 阿迪朗达克

Montana 蒙大拿

Chihuahua 奇瓦瓦

Carpathians 喀尔巴阡山

Pueblo 普韦布洛

Louisiana 路易斯安那

Asia Minor 小亚细亚

Ozarks 奥沙克

New England 新英格兰

Alhambra 阿尔罕布拉

Wyalusing 怀厄卢辛

其他

The ice age 冰河纪

Eocene 第三纪始新世

CCC（美国）民间护林保土队

Cro-Magnon 克鲁马努人

Babbittian time 巴比特时代

Green River Soil Conservation District 格林河土壤保护区